《庭園の少女》(1914年　紙 水彩　61.0×46.4cm　福島県立美術館蔵)

《尿する裸僧》(1915年 カンヴァス 油彩 80.3×60.6㎝ 信濃デッサン館蔵)

槐多の歌へる

村山槐多詩文集

murayama kaita

村山槐多

酒井忠康 編

講談社文芸文庫

目次

槐多の歌へる

村山槐多詩文集

遺　書

自分は、自分の心と、肉体との傾向が著しくデカダンスの色を帯びて居る事を十五、六歳から感付いて居ました。

私は落ちゆく事がその命でありました。

是れは恐ろしい血統の宿命です。

肺病は最後の段階です。

宿命的に、下へ下へと行く者を、引き上げよう、引き上げようとして下すった小杉さん、鼎さん其の他の知人友人に私は感謝します。

たとえ此の生が、小生の罪でないにしろ、私は地獄へ陥ちるでしょう。最底の地獄にまで。さらば。

一九一八年末

村　山　槐　多

第二の遺書

神に捧ぐる一九一九年二月七日の、いのりの言葉。

私はいま、私の家へ行って帰って来たところなのです、牛込から代々木までの夜道を、夢遊病者の様にかえって来たところです。

私は今夜また血族に対する強い宿命的な、うらみ、かなしみ、ああどうすることも出来ないいら立たしさを新に感じて来たのです。其の感じが私の炭酸を満たしたのです。

ああすべては虐げられてしまったのだと私は思いました。何度か、もうおそらく百度くらい思った同じことをまた思いました。

親子の愛程はっきりと強い愛はありましょうか、その当然すぎる珍らしからぬ愛でさえ私たちの家ではもう見られないのです。何というさびしい事でしょう。

しかも、とりわけて最もさびしい事は其の愛が私自身の心から最も早く消えさっていることなのです。私は母の冷淡さをなじっても、心に氷河のながれが私の心の底であざわらっていることを感ぜずには居られませんでした。私がかく母をなじり、流行性感冒の恐ろしさを説き、弟の手当を説いたかなりにパウショラケートな言葉も実は、私の愛に少しも根ざしてはいないのでした。それどころか、恐ろしい、みにくい、利己の心が、たしかに其の言葉を言わせたのです。真に弟を思ったのではないのです。私はただただ私自身の生活の自由と調和とが家庭の不幸弟の病気等に依ってさまたげられこわれんことを恐れて居るのです。弟の病気が重くなっては私の世界が暗くなるからなのです。

ああ真に弟を思いその幸福のためにいのってやる貴いうつくしい愛はどこへ行ったのでしょう。またはいつ落してしまったのでしょう。其れはとにかくない物なのだ。私の心のみか、私の家の中にはどこにもないものなのだ。何たるさびしさでしょう。私は母をなじって昂奮して外へ飛び出し、牛込から乗った山の手電車の入口につかまってほんとに泣きました。涙がにじみ出ました、ほんとです。ほんとです。このさびしさが泣かずにいられましょうか。私は泣きました。愛のない家庭という世にもみにくい家庭が私のかかり場所かと思って。それよりも私を、このみにくい私を、何たる血族だろう。このざまは何だろう。虐げられてしまったのだ。すっかり虐げられてしまったのです。もとはこれではなかった。少くとも私の少年時代は。

神さま、私はもうこのみにくさにつかれました。

涙はかれました。私をこのみにくさから離して下さいまし。地獄の暗に私を投げ入れて下さいまし。死を心からお願するのです。

神さま、ほんとです。いつでも私をおめし下さいまし。愛のない生がいまの私のすべてです。私には愛の泉が涸れてしまいました、ああ私の心は愛の廃園です。何というさびしさ。

こんなさびしい生がありましょうか。私はこの血に根ざしたさびしさに殺されます。私はもう影です。生きた屍です。神よ、一刻も早く私をめして下さいまし。私を死の黒布でかくして下さいまし。そして地獄の暗の中に、かくして置て下さいまし。どんな苦をも受けます。ただ愛のない血族の一人としての私を決心してふたたび、ふたたびこの世へお出しにならない様に。

私はもう決心しました。明日から先はもう冥土の旅だと考えました。

神よ、私は死を恐れません。恐れぬばかりか慕うのです。ただ神さまのみ心に逆らって自殺する事はいたしません。

神よ、み心のままに私を、このみにくき者を、この世の苦しい涙からすくい玉わんことを。くらいくらい他界へ。

（編註　これは槐多が病床に就く数日前死に先立つこと十三日前の手記である）

詩

二月

君は行く暗く明るき大空のだんだらの
薄明りこもれる二月

曲玉の一つらのかざられし
美しき空に雪
ふりしきる頃なれど
昼故に消えてわかたず

かし原の泣沢女さへ
その銀の涙を惜み
百姓は酒どのの
幽なる明りを慕ふ

たそがれか日のただ中か
君はゆく大空の物凄きだんだらの
薄明り
そを見つつ共に行くわれのたのしさ。

＋

ああ君を知る人は一月さきに
春を知る
君が眼は春の空
また御頰は桜花血の如《ごと》赤く
宝石は君が手を足を蔽《おほ》ひて
日光を華麗なる形に象めり

また君を知る人は二月さきに
夏を知る
君見れば胸は焼かれて
火の国の入日の如《ごと》赤くたゞれ

＊　＋印は無題の作品。（アルス版『槐多の歌へる』〈大正九年六月刊〉の例言には、「詩は無題が多く×印を附しておいた。」とある。底本にした弥生書房版『村山槐多全集』でも無題のまま＋印に変えている。いずれも目次には掲げられていない。）

唯狂ほしき暑気にむせ
とこしへに血眼の物狂ひなり

あゝ君を知る人は三月さきにも
秋を知る
床しくも甘くさびしき御面かな
そが唇は朱に明き野山のけはひ
また御ひとみに秋の日のきらゝかなるを
そのまゝにつたへ給へり

また君を知る人は四月のまへに
冬を知る
君が無きときわれらが目すべて地に伏し
そこにある万物は光色なく
味もなくにほひも音も打たえてたゞわれら
ひたすらに君をまつ春の戻るを。

青色廃園

是等の詩はわが友なるあへかなる少年の
その異名を PRINCE と呼ぶに捧ぐるなり

われ切に豪奢を思ふ
青梅のにほひの如く
感せまる園の日頃に
酒精《アルコール》なむる豪奢を。

四月短章

一

玻璃の空真《まこと》に強き群青と
草色に冷たく張らる

かくて見よ人々を
木偶《でく》の如そこここに酒に耽れる

しかして
美しき玉の月日に悦びて
ただひとりはなれし君は
いと深き泉に思ふ。

二

銀と紫点打てる
川辺にめざめ立ちし子よ
いま日はすでに西にあり
青き夜汝《なれ》をまちてあり
行け朧銀の郊外を
あとに都に汝は行け。

三

善き笛の冷めたき穴に
こもりたる空気をもれ
美しく歩み出でたる
君ひとり物のたまはぬ。

四

血染めのラッパ吹き鳴らせ
耽美の風は濃く薄く
われらが胸にせまるなり
五月末日日は赤く
焦げてめぐれりなつかしく

ああされば
血染めのラッパ吹き鳴らせ
われらは武装を終へたれば。

五

春の真昼の霞に
鋭き明り点けたる小径あり
かたはらにたんぽぽのかたはらに
孔雀の尾の如き草生あり

そが小径にのがれて
さびしくいこふ京人あり
美しく幽けき面
小径がつけし明りの中に更に鋭き明りをつけたり。

空

わが空はなつかしき
なつかしき

鎖の如き
うつくしきながめに連続せり

舞楽する伊太利亜の空
シヤヴアンヌが上より下へぼかされし
群青の空ならねどもたゞ
なつかしきなつかしき
うつくしきながめの空なり

そこに君の如く
美しき物の色あり
君の如くなつかしき
空の色　鎖の如く連続せり。

空

美しき空に濡れて
二人歩を共にすれば
この時銀鎖は薄明の空気を曳きて
きらきらと二人に鳴る

美しき楽音連続す
されば空は恍惚たり
二人は歩む
きらきらと春の光ひかる

美しき空の下
Xの形に燈きらきらと戦動す
ああ都大路に

恍惚として二人は歩みたり。

踊りのあと

靄のうち血の如く美しき
提灯の如あかき
あえかなる踊りの君は
踊りつかれて我による

踊りつかれて慕はしき
君が肌へわれにふる
晩春の光の刺は
君が肌へをかき破る

血の如く美しくして
うれしき踊りは

媚かしき疲れに導かれて
君が肌へをわれに投げかく

晩春にともしたる
赤き提灯の明るき
鬼薊の如き紫の
刺の身を刺す痛さ

君が汗はわれにのたくり
靄のうちに感動をつたふ
われは君が横顔を見つめたり
かなしみの来るまで恐ろしき恋しさに

あえかなる踊りの君は
この真昼踊りつかれて
いたましわれによる
なよなよと疲れに酔ひしれて。

血の小姓

虐殺せられし貴人の
美しい小姓よ
汝の主《しゆ》の赤に金に赤に金に
ぎらぎらとだらだらと滴たる血に
じつと見入る小姓よ

夜が来たぞ
人もないこの無慈悲な夕《ゆふべ》
誰かが泣き出した
狂した血の小姓よ汝も
泣け、血に愛せられて。

充血

充血せる君　鬼薊
金と朱の日のうれしさよ
わめきうたへる街中に
金箔をぬるうれしさよ

派手に派手に血を充たせ
君が面に赤き血を
たとへ赤鬼の如く見ゆるとも
ひたすらに充血せよ

血と金の鬼薊
屋上に狂し
美しき街は暴虐たる王の

金箔にぬりつぶされたり

充血の君　鬼薊
血は滴たれり
すゆき《(まま)》春の面に
壮麗なる街の上に。

君　に

美しき君
実《げ》にたそがれにうち沈み
伽羅国の亡国びとの
ひとり子はなげきに沈む

緑青のしみ出でし
銅瓶に口つけて水呑む君

美しき頽廃に
影薄き哀歌に思沈む君

げに春は消えんとし
度を過ごしたる美しき放埒《はうらつ》も
すでに君がわざをぎめきし
青白き面を破らんとせり

緑青き空に立つ
伽羅国の亡国びとの
ひとりなるなげきの歌も
すべてたそがる。

君　に

げに君は夜とならざるたそがれの

美しきとどこほり
げに君は酒とならざる麦の穂の
青き豪奢

すべて末路をもたぬ
また全盛に会はぬ
涼しき微笑の時に君はあり
とこしなへに君はあり

されば美しき少年に永くとどまり
その品よきぱつちりとせし
眼を薄く宝玉にうつし給へり
いと永き薄ら明りにとどまる

われは君を離れてゆく
いかにこの別れの切なきものなるよ
されど我ははるかにのぞまん

あな薄明に微笑し給へる君よ。

〔以上大正二年作〕

三十三間堂

金紫の雲は赤き灯を隠して天を過ぎ
太陽は発射す強き光弾を
痛ましき美しき真昼
傲然と三十三間堂輝く

薄暗き貧人の家の群集の中に
淫婦が産みたる童のみの恐ろしき群の中に
美しきかな古き古き三十三間堂は
一体の銅仏の如く神々し

ああ三なる数字よ
汝はギリシアの数字にして

またこの堂の数字なり
この黒くけはしくまた美しき堂の数字なり

三万三千三百三十三体の黄金の死物は
この三十三間堂の主なり
赤き彩色は磨滅したり
かつと屋根は輝く

激《はげ》しき塵は舞ふ燦爛《さんらん》と
この古堂の周囲を
太陽は赤し青し天空に
この貧人の町の空に

三十三間堂は輝き奇怪なる射的は
円く三十三間堂につらなる
矢はほのかに飛ぶ三十三間を
その響きの奇しさよ

沈黙せり三十三間堂
堂のあまたの扉は閉され
痴愚なる旅人と汚き貧人と
三万三千三百三十三体の仏像に戯れたり。

京都人の夜景色

ま、綺麗やおへんかどうえ
このたそがれの明るさや暗さや
どうどつしやろ紫の空のいろ
空中に女の毛がからまる
ま、見とみやすなよろしゆおすえな
西空がうつすらと薄紅い玻璃みたいに
どうどつしやろええええなあ

ほんまに綺麗えな、きらきらしてまぶしい
灯がとぼる、アーク燈も電気も提灯も
ホイツスラーの薄ら明りに
あては立つて居る四条大橋
じつと北を見つめながら

虹の様に五色に霞んでるえ北山が
河原の水の仰山さ、あの仰山の水わいな
青うて冷たいやろえなあれ先斗町の灯が
きらきらと映つとおすわ
三味線が一寸もきこえんのはどうしたのやろ
芸妓はんがちらちらと見えるのに

ま、もう夜どすか早いえな
あ空が紫でお星さんがきらきらと
たんとの人出やな、美しい人ばかり
まるで燈と顔との職場

あ、びつくりした電車が走る
あ、こはかつた

ええ風が吹く事、今夜は
綺麗やけど冷めたい晩やわ
あては四条大橋に立つて居る
花の様に輝く仁丹の色電気
うるしぬりの夜空に

なんで、ぽかんと立つて居るのやろ
あても知りまへんに。

にぎやかな夕ぐれ（K. I に）

「にぎやかな夕ぐれやおへんか
ほんまににぎやかやおへんか」

何がにぎやか、何がにぎやか
薄青い濃い夕ぐれ

美しい空が東山に
紫の珠が雨みたいに東山に
星が血のりめいて酒びたりの春の空に
紫に薄くれなゐに

「ほんまににぎやかやおへんか」
たどりゆくは女の群
宝玉でそろへた様な多情な群
美しいお白粉にきらきらと

燈が燈が燈が加茂川の岸べに
金色に、アークランプも桜色に
「ほんまににぎやかやおへんか
きれいな夕ぐれやおへんかいな」

わたしはたどる紫の貴い薄紫の
神楽岡の裾を浮き浮きとした足どりに
たらりたらりと酒が滴たる
あざみ形の神経から

「にぎやかやおへんかいな」
わたしは答へるうれしさに
「そうどすえなあ」
美しい女の群に会ふや数々

「にぎやかな夕ぐれどすえな
ほんまににぎやかな
あの美しいわたしの思ふ子は
此頃どないに綺麗やろえな」

近衛坂を下れば池の面に

空がうつる薄紫の星の台が
ほのかにもる、銀笛の響は
わが思ふ子の美しい家の窓から

「にぎやかな夕ぐれやおへんか
ほんまににぎやかやおへんか」
この時泣いて片恋のわれはつぶやく
「そやけどほんまはさびしおすのえなあ」。

一人の美少女に

私はあなたを見たえ、はじめて
紫色のたそがれで
あなたの月みたいな燈が都の辻々で
一ときに点ぜられたときやつた

あなたは珈琲《コーヒー》いろの路上で
巧にまりを二つついて居た
一つは金色一つは紫色で
とんとんとんとをどりみたいな手ぶりで

うれしかつたえ、あなたの顔は
きれいであでやかでそれは美しかつた
もうあしたの暁の光がさして来た
あなたのほんのりとした眼もとに

それでもたそがれで宜《よろ》しゆおした
わたしは薄闇をよいしほに永いこと
あなたをそばでみとれてた
美しいお娘はんほんまえ
あなたは友禅の振袖をうるささうに
はねのけてとんとんとんと

情を地べたにやる様についてたまりを
しまひに抱いていなはつた

それから私は忘れられぬ
あなたのしなやかな姿が
清水の新塔みたいに派手やかな
あなたの衣裳が、紫の帯が。

夜の美少女

それでも黙つてはる、けつたいな事
ほんまにけつたいなお嬢はん
「どなたぞ待つといやすのかそんな暗いところで
薄青い石竹色のべべを着て」

「あんたはこはいことおへんのか

悪漢が出たらどうおしやすのえ
そんな美しい顔しておいやすからは
あてでもかどわかしたうなりますがな」

ま、黙つてやはる、それでも、けつたいな
ばけものかしら何ぞがばけて居るのやろか
こはやの、あて何やこはうなつてきた
ま、どうやろこの美麗な庭は
薄い紫の水晶の中に沈んだ様な気がする
ま、ほんまに綺麗えな、どうえ
電気がとぼつてるやおへんか

あんまり綺麗で凄《すご》おすえな、今晩は
芝居の悪漢《わるもの》でも出て来さうな
そやのにお見やすな、あこにほれ
美しいお嬢はんが立つてはる

「もしもしお嬢はん何でそないにぽかんと
こんな暗いとこに立つておいやすのや
もつと灯のある方へお出でやすな
美しい石竹の様なお嬢はん」
あてほんまに酔うてるのやけど、美麗な今晩

「美しい愛らしいお嬢さんあなたはよもや
好きな人を待つといやすのではござりまへんやろな」
何で小さいこの石竹色のおひとに
そんな事がありまひよかいな、あほらしや

ま、けつたいえな、この美麗な夜に
あのお嬢はんが消えてしまうたえ
悪漢にでもお会ひやさへんとええが
ああ、それはどうでもええけれど
ま、ほんまに今晩は
綺麗な晩えな。

過ぎし日に

ああわれ過ぎし日に辞せん
「さよなら」と叫ばん
われは立つ過去の山頂に
われかけらん天空を
今日よりはかけらん
大蛇と闘へる大鷲の如くにとばん

げに真紅の山頂に立ちたるは
強きわれなるかな
太陽を蔵し星を秘めたる
無限の美しき天空の外わが道なし
いざ行かんいざ行かん
天空を飛び行かん

過ぎし日よ汝はみにくく憎むべし
されどわれは汝を賞づ
汝はわれを養ひたり
この山頂に立たしめたりき

「さよなら」とわれ叫ばん
いざいざわれは汝を離れて
とび行かん未見の空のあなたに。

十

吾は把まん美しき人生を
酒盞を傾くる如く
吾は吾生を呑まん
吾全体の光輝の中に
吾生を破り去らん

吾は進まんかの鷲の如く
空中を飛びつつ
或る時は野に蛇を殺し
或る時は山頂に小鳥を掠めん

吾生は経歴す光輝の中を
勇気ある旅客なり
吾生はかくて遂に高く踏《ふ》まん
万民の上なる位を。

十

われは野に生く
かのヨハネの如く
野の風と輝きとわれを育つ
われは野の子なり野の人なり
われは野に高山を仰ぎ

野に大海を望む
われは濶歩す電気の如く走る
野を、愛すべき野を

野の人と語り
野の都に歌はん
一切はわが野に浸る
わが強き野の風と光輝とに。

穀物のにほひする女

北の美しの村々
幻の様にほのかに
ながめて居る私に
小春の風がそよぐよ

ああこの金と青との
小屋のかげに立つた
たくましい女の肌は
穀物のにほひがする

それを私はにほひだ
いまにほひだ
この美しい霞を通して
一目見たばかりで

美しの金の赤の村々
北山ののどかさに立つて
女をかくして居る
穀物のにほひのする女を
多情のたくましい女を。

〔以上大正三年作〕

未来のわが製作をして……

以下一月第二日曜日記す

＋

未来のわが製作をして幸あらしめよ。

＋

汝の仕事はただ一種である、それはよき芸術を創造する事のみである。

＋

オレは製作慾不足を感ずる
墨なき時は泥を以て描かんずる製作慾が必要である。

＋

汝は一箇の貧民である。

+

純粋に「画家」と呼ばれたい
その他の副業はすべて是を人に秘したい。

+

くれぐれも汝は一箇の貧民である
レールに動く工夫と同じ人種である。

+

汝は描かざるべからず
汝は突進せざるべからず
自動車の如く。

+

オレは描かなければならない、全力を以て描かなければならない

オレの仕事はその他にない、何もない
ミケランジエロの勤勉が必要だ
一切の他事には眼をつぶらう
たゞ描かう
オレの眼は一途に「美」と面しなくてはならぬ
見ろ研究所の中にはかつかと燃えるストーヴにほてつて人間の肉体がオレをま
　つて居る
オレは描かう
何よりも先に力を尽して描かう
木炭と、紙と、それだけで沢山だ
オレは今切にデッサンを要する
人体の完全なる再現を
この一年をつぶしてオレは肉体と闘ふのだ
そして征服するのだ
必ず征服するのだ
それにはだから
オレは描かなければならぬ、たゞ一つなるオレの武器は紙とチヨークだ

あゝこれさへあれば
これさへあればオレはきつと勝つて見せる
あの怪物なる人間の肉体に
そして吸ひとつて見せる
血よりも美味なる「美」を
オレの腹の中へ
オレの中へ。

＋

描きたい、描きたい
マジメにならなくてはだめだ
真剣にならなくてはだめだ
一切の世俗を裏ぎり
たゞ一途にオノレに従はなくてはダメだ。

＋

汝はチシアンとなりたいと思ふ前に先づ単色の画家となるを望むべきである

汝はピカソを崇拝するがいゝ
「ヴイオリン」以前のピカソを。

十

汝は愚鈍――沈黙たれ
汝は醜人なり、貧民なり
汝は磨かざるダイアモンドなり
汝は汚人なり、汚きやんちやなり
汝は悪人なり、悪戯者なり
汝は大胆無類なる無頼漢なり。

十

来る物に抗らひこれを打て
負けるな
何物にも負けるな
汝自らを愛し拝せよ
汝こそは全能なり

その証左をたゞ汝のヱの上にのみ示せよ
一切の文学的分子を排斥せよ。

＋

体力を第一に作れ
オレは視力をもつと強くしたい
海上に一二箇月を送る必要がある
小笠原島へ行きたいものだ。

モデル女に

あゝ美しきかな
汝の全体
先づ吾を戦慄せしむるは
汝の胸上なる二つの肉感的なる球なり

美しくとがりたる乳房なり
汝の腕なり
そは鍾乳石にも比すべきかまた
汝の首なりまた
汝の長く肥りたる両足の交錯なり
そこにうねれる凸凹の美しさよ
あでやかなる肉はまた汝の□□①に浮く
そこに紫の□②の威あるかな

あゝ美しきかな
女の裸体

われはむしろ「□□□③」の名を受けて世界中の□□□④をのぞきまはらん。
　ピカソ展覧会のカタログを見て
　ピカソの恋　をおぼえそめけり
ムツシユーピカソ
ピカソさん

＊　□印は伏字である。

あなたの画に僕はすつかり
崇拝を捧げます

私もあなたの如く
立派に描きたう思つて居る
日本のゑかきの
新兵です。

編註　(1)谷間　(2)毛　(3)無頼漢　(4)モデル

緑金の鶏

緑のにはとり
重たく歩き
鋭き瞳こそ
黒くきらめけ

あはれ美しき
うすらあかりの
四月はじめつかたの
山国の高原

歩け歩け
重たく歩け
真紅の連山
藍を帯びてならぶ

なれこそは緑のにはとり
小さきルビイのとさか
精力の銹か
数点の黄金。

＋

俺は易々としてさう言ひ得るのだ

したい事はしろ
したくない事はするな
此二途を厳格に扱はなければならぬ
汝の生活はかくして輝く事が出来る

意志を尊重しろ
末葉の感情をほろぼせ
そしてどんどんと奔流と共に流れろ
あゝ その他に吾道はなかつたのだ。

十

したければする
したくなければしない
俺の生活は是だ 是だ
この他に何物があらう

総てを「村山槐多」と云ふ奔流に投げ入れ
俺もたゞそのまゝに進むばかりだ
ぶつかる何物かよ
俺は汝が必ず貫く得がたき物なるを信ず

一九一五年五月の汝は醜劣を極めて居る
汝はおつちよこであり拙なる役者である
あゝだがそれも奔流の一路だつたのだ
忘れ去らう、そして進まう

薔薇色の空は青色と化し
青空は夜空となる
不思議な天空の神秘が
俺の生活の中に隠れて居る

俺は強大なる芸術を創造するであらう
すばらしい覚世界を内にするであらう

それはわかり切つた事だ。

電車の中の軍人に

俺の電車が走つて行く
外は五月のすばらしい野だ天だ
東京の郊外を走り飛ぶ
俺の好きなボギー車に俺は居る

恐ろしい醜悪の人々を満載したな
第一に泥でこね上げた田舎おやぢが五六人
臭い様なポーズをとつて居る
それから日本語をしやべる女異人
抱かれて泣きわめく白子の様な赤ん坊
一面の糞色、にきび、腐つた脂肪

臭い息、無智な大馬鹿共
それらがこの電車の中でうようよとして居る
それから過淫に疲れた女の皺だらけの顔

俺はふと躍り上つた
俺の横なる二人の士官の
健康の威嚇に
何と云ふ美しさだ

強い黄色人種我等の戦士
俺は君を讃美する
君のその隆々たる容貌と態度とが
俺の腐つた下落した心を高める

軍人よ軍人よ
俺は下らない絵を描いた覚えがある
その不満と悔とが俺を泣かせる

俺は苛立たしくもかく灰にまみれて居る

然るに君は何とした誇りに輝いて居る事よ
カーキー色の歩兵士官よ君には
画学は何でもなからう
君の一撃は俺の生命を立どころに奪ふことであらう

ああ俺は君をうらやむ、ねたむ
君には画の不満がない
然るに俺にはある、俺は神経衰弱だ白痴だ
君はすばらしい精気にダイヤモンドの如く輝く

俺はかなしくなつた
だが見ろ今に俺が君の如くに輝くぞ
君の剣が君の腰に光る如く
俺の誇りが必ず輝くのだ

ああ電車は走る走れ、早く走つてしまへ
俺も今に走るぞ
この光栄ある軍人に負けない光栄の天に
走り込んで見せるのだ

愚な馬鹿
剣を吊つた□[1]有難い帝国の干城よ
貴様は何をさういばつて居るのか
新兵の□□[2]どもよ。

編註　(1)猿　(2)軍人

十

あらゆる「しな」を去れ
直情の人であれよ
貧乏くさい飾を去れ
そして真底の一つの塊であれ
たとへそれが小さく醜くとも

「真」は「真」だ
真は輝くであらう
偽金の山より
一匁の金は貴いのだ
確かに「真」であれ
ただ一つであれ
簡単であれ真剣であれ
それによつて汝は汝の芸術は
自由と鋭利と豊饒とを得る事が出来る
幸に永遠の快楽に達し得る。

十

おれが言葉を役する時不用意を極めて居た事よ
それは俺の思想が痛ましい雑淫に依て
荒されて居たからだ
単純にせよ、すくなくとも
そしてそれと共に俺の言葉も単純にならなければならぬ

単純にして死活的なる事ピストルを出る弾丸の如くであらねばならぬ
おれの喉をピストルにせよそして沈黙せよ
べら〳〵しやべるな
沈黙が霊を貫くするだらう。

＋

何と云ふ耐へ難い悲哀であらう
俺は悲哀の海底に沈められた瓶中の悪魔だ
何をして居た何をして居た。何を俺はして居た
俺の劣等な低い現在が俺を苛立たせる
すべてが破滅だ
すべてを棄てなければ駄目だ
俺は俺のとぢ込められた卑劣な下悪な牢獄から
とびださなければならぬ
空の様に海の様に自由な世界へ
チシアンのロダンのグリース人の世界へ
躍進しなければならぬ

この耐へ難い苦痛の中から
一足飛びに飛ばなければならない
俺は飛ぶのだ飛び上るのだ。

＋

概念に依て作画する輩よ
俺も過去はそれであつた
汝等の仲間であつた
ああ、が今となると俺は強い自信を以て言ふ
「貴様等は豚だ」と
俺は豚から飛び出した一つの神霊だ
ああ出鱈目の絵画
面もなく色もない絵よ。

＋

逃亡よ
逃亡よ

おれは汝を恋して居る
おれは逃げるのだ
この世界から
真実唯一の俺の世界へ
逃げよう逃げよう。

＋

ああ東京よ
俺の豚小屋よ
俺は一つの魔法を持つて居る
その魔法が何時使はれるかは俺も知らぬが
その時汝はかつと金色に輝くであらう
豚どもも人間と変るであらう
有難くその時をまつて居ろ。

＋

小さくうれしがり

小さく成功する馬鹿者よ
お前はみゝずだ
お前の芸術は泥だ
お前はそれをはき出したのだ
その泥がきれいだらうが汚なからうが
それが一体何だおれにかなふか
さめきつたおれに。白昼の天子に
おれは天子だ
天子の仕事はさう容易には汝等に
みみず共に賞揚されぬ。

空飛ぶ吾

吾は汝等より遥に高く飛べり
汝等は汝等相互につとめいそしめよ
吾は汝等に関するものにあらず

吾身体を金色の明光刺貫き
吾霊はダイヤモンドの如く光る
吾は身の重さを高く天空に上げて
飛び行くなり高く高く

汝等の小さき成功は大正の時代を象作り
汝自身の高慢を形成す
よし汝等はよし汝等はよき者共なり
されどいかに汝等大なりといへども
吾は汝等を高く飛べり

吾と相共にかける諸々の霊共よ
ヂオツトよ、ポンペー人よ、ギリシア人よ
またエジプトの芸術家よ
汝等は吾に驚くや、目を見はるにあらずや
吾は飛べり貴き天界に

「新らしき古代」の美麗なる雲のうちを
はるかにはるかに凡庸の上を飛べり。

＋

君よ
君が端麗なる容姿は
常に忘れがたし
常に来たりてわが心ををのゝかしむ
君はわが世界のすべてに宿る
その一つ紫の矢車草の花にわれ見たり
君の微笑の影を
そは心を波打たし泣かしめたり。

＋

恋がおれをひつゝかんだぞ
ああかうなると

絵が何だ、絵が何だ
が俺は有難く思はうよ
物の象を描くのを仕事にする人間の一人に
おれはなつてゐる事を

そしてやつぱりおれは絵描きで居よう
このおもしろい職業に止どまらう

さうしてさうして恋をするのだ
絵をすてずに恋人を持たう

恋人にすてられた時に絵があり
絵にすてられた時恋人がある

心の清い人の怒ることを俺は言つたな

がおれはさうして暮すのだ

その他にどうして俺の生きて行く手段があらう。

十

貴様等はすべて臭い
貴様等は豚だ、賤民だ

俺には貴様等の口から出る悪嘲に
自尊の言葉にまたその糞真面目に
しつぺ反しをする犬の精気がある
確にある

俺の力量が現れ奔ばしる時を俺は予言する
その時貴様らの悪嘲が
台湾のやもりより沢山ふるとも
俺はびくともしないのだ

哀しいかな過去の俺が

その時を有たなかつた
是は敗北だ、貴様らの腹中に住む条虫より
更に俺は劣悪であつたのだ

が俺は現はれて見せる、きつと必ず
貴様らはその時を待つて居ろ
まつて居ろ、まつて居ろ
ああ肥えた善い豚共。

＋

K——よ
俺は貴下に感謝する
貴下はわれらの国より明確なる素質を検出し
われらをして強い力を得せしめた
われらは貴下ありしがために
始めて声を上げることが出来る
世界に向つて飛び込む事が出来る

貴下は開拓者だ、水先案内人だ
貴下の芸術を見る時俺は是等の讃唱の念に涙ぐまずには居られない
貴下よ
貴下の恐ろしい躍進の力が更に更に強く
更に大きくならんことをのぞむ
貴下が大なる阿修羅の如く日本国に出現せんことをのぞむ
世界が貴下に驚ろかされんことをのぞむ
貴下は強き光耀だ
貴下と対比する時、俺は恥ぢざるを得ない
すくなくとも現在の俺は
が貴下よ
俺はとび越すであらう
貴下の頭上を
高く必ず飛び越えるであらう
その時がいつか
それは知らぬ
吾力がいつ君の力に追ひつくか

それも知らぬ
たゞ貴下よ
貴下を飛び越すことは現在の俺の強い心願だ、欲求だ
俺は現在遊んで居る
けれど俺が俺の素質に驚ろき
猛烈な勤勉に至る時を俺は近き未来に要言する
貴下よ
ぐんぐん描いて呉れ
われらの腐りかゝつた頭を
君のトアールでどやしつけて呉れ
頭の上らぬ程どやしつけて呉れ
俺は俺は
必ず貴下を躍り越して見せる。

＋

出来るだけの事を正直に極めて正直に俺はして行かう
俺が悪い時は悪くならう

俺が愚な時には愚にならう
この外にどうして人間としての道があるのであらうか
俺の道があらうか
一切のまどはしにまどはされぬ
もう一人のまねはしない
この事を痛切に俺は感じて居る
すべての手段と云ふ事は忌むべきことだ
とりわけて空なる物を空ならずと見せる手段は。

＋

俺の生命は美麗極まるのだがそれは酸化して居る
現在はそれが酸化の状態から還元しないまでゞある
心が俺の生命が輝き奔ばしる時が来る丁度一点のマツチの火が大火となつて紫の夜半の暗黒に燃え上る様に
その時こそああ実にその時からこそ
俺の真の芸術家としての生活が始まるのだ
見よ群集は愚である彼等は愚な事をして居る

彼等の愚昧は続く事であらう彼等のあるものは覚めて居る
力強く覚めて居るそれらの覚醒を吾はその非常の時に対する彼等が用意たらし
　めよ俺は潜んで居るそして微笑して居るこの微笑は人の知らぬ所である
がその非常時は来る必ず来るその輝くダイヤモンドがこの年に一九一五年の秋
　に投ぜられるであらう
群集の上に。大日本の天に。

＋

一九一五年をして赤く明るき年たらしめよ
たゞれたる美の時間たらしめよ
俺は摑むのだ、その恐ろしき時間をしつかと摑むのだ
そして吹き出すのだ
俺の画布の面に
必ず俺の画布は輝くであらう
深き健康と歓楽との光に
ああ二十才の年齢よ
俺がどうしてこの美麗なる讃すべき年齢に捧物をせずに居られやうか

この時間は俺にとつて全能の王だ、俺はその臣下だ

見よ、日本国に芸術が起りつゝある
天才は出でんとして居る、それらの秀れたる種子が
打出されたる弾丸の如くに生長し行く時
何として俺が安閑として居られやう
一切を棄てよ
汝に安住を得せしめ平和を感ぜしむる一切を唾棄すべし
汝の職業は戦闘だ
恐ろしい戦闘だ
「汝、衆に近づくな
孤独に生きよ」これは真理だぞ
そして力をこめて、錬金道士の苦しい努力を以つて汝の美しい輝いたる生命を
自らのうちに還元しろ
一体何をして居たのだ、汝は是までの貴い歳月を
汝は落ちた、俗衆の唯中に落ちた。

〔以上大正四年作〕

女と夜

女は泣く
女は泣く
鋭く美しきその泣声は
わが唇に近し

ああ君よ涙になやむ美しき君のおもてを
かく近く眼にするわれの
いかに幸福を極めたるかな今宵

されども女は泣く
女は嬉しきが如く哀しきが如く
わが貴き ENERGY の奔流の下に
声をかぎりに泣く

痛ましくもまたうるはしきかなこの狂態
かくも美しき肉体をして叫ばしむるは
われにあらずや。

十

躍りゆくさびしき者よ
多くの高きかきを越えて
躍りゆく強き者よ
いづこへと汝はゆく

美しき高き一箇の人
未曾有の怪物と
かくわれは汝の呼ばれん事を希ふ
数刻の後に

躍りゆけいづかたへなりと

うまずたゆまず躍りゆけ
高きかきけはしき地につまづくも
ただ微笑して起き上りとび越えよ

よきかなさびしき者よ
世に汚されぬ貴き人
宝庫の扉に描かれし
金無垢の人物。

十

「貧」の光背を負へるわれは
苦しくもいま道を歩めり
惨憺たる行程よ
野良犬にも劣りたるかな

されどもわが脳は
なほ金色に輝やけり

深き深き暗の奥に
輝きをひそめたり

大なる物の
さびしき生長よ
われは微笑しこの自らを見る
よきかなこの鈍牛よ
若きいのちをまきちらさん
大地の上へ。

〔大正五年作〕

命をかへる歌

命をかへなさい、すつかりかへなさい
淫らな物、いやしい物、ものうい物、ひそかな物、恐しい物
そんな物に血の出る様にしがみついて居た命を

すつかりかへておしまひなさい
お前の命がさつぱりと身綺麗になつたら
清く、高く、まめに公明に楽しげになつたならば
どんなにいいのだらう
さつぱりとかへておしまひなさい

お前の命が生々と獣の様に踊り上る為めに
命をかへろとすすめませう。

十

お酒を呑みましよをぢさん
たばこを喫ひませうをばさん
とにかく面白い事楽しい事はみんなしませう
遠慮なく致しませう
その内に苦しい礎石を持つた「一生」のお家が
腐つてつぶれてしまひませう

私達は笑つてそれを眺めませう。

＋

お前の身体から来る要求のうちで
もしお前さんにやましい事、暗い事、こそこそした事をさせよう事物がありましたら
一生懸命に押へつけておしこみなさい。
これが節制と云ふ
楽しさにとつて何よりのお守りでせう。

＋

私は自動車の様に力強く走りませう
子供の様に笑ひませう、うたひませう、遊びませう
空の様に物を見ませう
始終悦んで居ませう、眼の前にある物を愛しませう
過去をすつかり忘れませう
未来の事ばかりを考へませう

世界は私にとつてまるで新しい物でせう
その中へ眼をみはつてもぐり込みませう
さうだ、さうだ、さうだ
何にもなかつた、何にもなかつた
是れからだ、是れからだ。

＋

私はごつんと頭をなぐられて
過去の記憶がすつかりなくなつてしまつた
何んでせう「是まで」と云ふのは
何んでせう「二十二才」と云ふのは
私はまるで不思議な物ばかりの中をうろつく
眼であり耳であり鼻であり口であり
その外に何もありません
私は笑ひ私は悦ぶばかりです
何もかなしい事、苦しい事、じれつたい事はありません
私はうれしさにてんてこまひするばかりです。

+

私がはじめて眼をさましました
赤ん坊が始めて物を見た様に
そして立ち上りました
私は大きな声で申しませう
「これからだこれからだ」と
そして第一番に美しく澄んで深い青天とくちつけませう。

+

ある血の出る様な炎天の真昼である、汗をたらたら流して大曲の橋の上を電車にのりかへ様と来かかれば江戸川の両側に人が沢山立つて居る。

さてはまた太田画伯の二人目かと胸をどきつかせて覗くと上手から黒い石の様なものが浮きつ沈みつして流れて来るのだ、岸の人々は何だらうと驚異の眼を輝やかせて首をかしげて居る。

やがてその黒い物が橋の真下に来たのをよくよく見れば一匹の大きなすつぽんが首を上げて泳いで行くのであつた。

「何だすつぽんか」と笑声があつちこつちで起つた。
すつぽんは知らん顔をしてずんずんと飯田橋の方へ泳いで行つた。
暑くるしい人間どもを冷笑する様な眼つきで見上げながら悠々かんかんと。

化粧

ごらんごらん
女が素つ裸になつて鏡を睨んだ
お白粉を振りまいた
裸一杯に

ごらんよ
この真白なばけ物が手早く
ぎらつく様な紫のきものをかぶつた
裸一杯に。

＋

二十過ぎた女が
「かあちやん」とあまえて言つた
その時肉感が猛々しく起つた
美しいあつい夏の日中

「かあちやん」とあまえる女よ
そのあどけないにつとした笑よ
今に貴様を美しい貴様を
豚の様に醜くい「かあちやん」にしてやるぞ。

＋

怪しき熱われをおそひ
わが額紫にをののく

あああ奇しき熱

われを茫然たらしめ
醜くき物あたりに満ち
世は光をなくしぬ。

歩く屍

痩せた醜い屍体が歩いた
それが私だつた
虫が湧きくさつて居つた

美しい日ぐれだつた
凄いなまめかしい月が顔をそむけた
紫の息吹の中になやんだ

その下を私が歩いた
ああ、ああ、それが私だつた

恐ろしい事実だつた。

+

神よ罪を犯したりわれは
今日の罪を今日許し給へ
明日の新らしき命の為めに。

+

俺は夢を見よう、絶え間ない夢を見つづけよう
此世は霧の形で月光の色であらせよう
一生夢みよう、何かしらすさまじく貴く興ある事どもを
餓死、貧困、屈辱、不運、醜悪もその夢の中の一つの黒い斑点だ
恋、歓楽、美しい自然、名誉、それもまた夢の明るさだ、夢だ、夢だ
夢の中に描き夢の中に働き夢の中にうたはう
夢の中に紫の煙草をくゆらし公園にやすまう
げんなりとし、にやにやと笑ひもしよう。

＋

一切の過去には眼を瞑《つぶ》らう
新しい生が自分に現はれる、私はそれに心を打込まう
一切の過去は思ふまい、空しき憂《うれ》ひだ、そんな物は。新らしい涼しい生活が俺を待つて居る、双手を高くさし上げて。

＋

燃え狂ふ渦巻
心のつむじ風
顫《ふる》へたる身の舞踏
猛々しき思ひの走駆
ああ、ああその上を照らす夏の光
真紅に金に

ああああ苦しき時よ
身も心もちぎられるばかり

女よ、女よ、女よ
わが眼を避けよ

われは電の如くとびつかん
女に。

＋

愛する女よ
自分の心の中にそなたの食ひ入つて居る程がどんなにか大きい物かと思つて居るのか、恐らくそなたには冷笑一つにすら値しまい
そなたには多くの男との接触があり私には殆んどそなた一つしかない
それでそなたが私に払ふ注意も唯多くの男に分けて居るそれの一部に過ぎまい
この口惜しささびしさにも係はらず自分は遂に
そなたを自分の心から追ふ事の出来ないのは如何なる訳《わけ》なのか

自分は卑怯者なのか、ぐづなのか
ぐづでもよし卑怯者でもよし
自分のそなたに対する愛は事実なのだから仕様がない取消す事の出来ない事実
だ
女よ、女よ
自分をいつまでこの無念さ、「思ひ通ぜず」の様に放つて置くのか
ただ一人神が知つて居る。

＋

私が花の鉢を投げ落した、美しい、薄紫のシネラリアの一鉢を、二階の窓から
下の空地《あきち》の上へ
鉢はきやつと叫んで微塵に砕けてしまつた
「あらつ」とその時その空地に立つて居た娘がびつくりして声を上げた、その
声の美しさ、その瞳の輝かしさ。

＋

私が立ちん坊にたばこの火を借りた

立ちん坊は大急ぎで懐中を探つてマッチを出して貸した、そしてその上紙袋を
　さし出して言つた
「どうです、一つ甘いのを」と
それはお菓子の袋であつた。

＋

火よりも暑い紫の空が大地にけむつてる
ふらふらと吹くそよ風はわたしと共に歩いてる
ああああ夏よ美しい焦熱地獄のこの季節
私の喉は金箔にかつと塗られてはく息も
肉の物とは思はれぬ金気を交ぜた金色だ
あついあつい、あついあつい
北極から氷山が空をとんでこないかしらん。

＋

さんらんたる芸術の中に
われ坐す

ぜいたくに
強烈に
執拗に
深刻に。

十

女よ女よ
自分の霊に食ひ入つた貪慾な獣の様な
美しい女よ
自分には今はお前はただ獣としてのみ考へられる
自分の眼の上のこぶなる恐ろしい獣として

お前は恐ろしい獣だ、まつたく恐ろしい獣だ
お前はまた自分達の近くに現はれたさうだ
私は逃げなくてはならなくなつた
お前の眼を避ける為めに手段を講じなくてはならなくなつた

ああしかし心底では、私は、お前がもう恐ろしくはない、お前は自分の恋人で
はない
ただ獣だ、獣だ。

＋

女、女
またお前はおれをひく
おれの心は噴水の様にお前の方へと高まる
ひくのをよして呉れ
おれは度々しくじつたではないか
愚かにも引かれるままにひかれた為めに
助けてくれ
助けてくれ。

＋

安らかの思ひに時を保たせよ
大空の色の如く

吐く一抹の霞の色を保てよ
ああ燃えんとする血、心を押へて
静かに静かにおしつけよ
苦し、狂ほし
その故に安らかなる思ひを
いつまでも保たんとわれは思ふ。

＋

小杉夫人は鋭い一の声音である
自分は感謝しなぐさめられる
自分を助け導く小さな女王だ。

＋

呑気者と人が自分を言つた
人の世はそれ程までに苦しい物か知らん
自分は可成りに苦しみあくせくして居るではないか。

＋

電車の中の一箇のなまめかしき静物――女
この静物は林檎より描きにくい
□□□□□①だけに。

＋

ものうい□②の□③が立ち上つて首を振つた
かくしたつてだめだ
お前の名は□□④だらう。

編註　(1)不詳　(2)俺　(3)竿　(4)魔羅

失恋の記録

紅い日光がしやべくつて居た、何かしら埒もない事を
田端から谷中へ通ふ道の上を通じて

日もすがら飽きもせず
青い空が硝子をはめた様に強く晴れて居た
ばつたりと私は会つた美しい女に、知らぬ女に
乞食に近い身なりで私は歩いて居た、丁度その女があつちから鳥の様に近づいて来た時
女の涼しい眼が私の顔をあかくさせた
それからその女が忘れられぬ
また会つた、次の日に、次の次の日にも
その女を見さへすると私は涼しい美味な飲料を呑んだ様に思ふのであつた
「恋」と心が輝きつ述べた

「あれはモデル女だよ」と友の一人がささやいた日から私は女を捕へにかかつた。私の仕事は画であつたものだから。

美しい名が私の唇に上りはじめた、その女の名の「お珠さん」と云ふのはモデルの市にお珠さんを見る事が私のたゞひとつの仕事になつた、画を描く事も忘れ果て、

とうとう私達の仕事場に女の姿が現はれた、美しい長い姿を囲んで私も夢の様に画布に向つた。

私の言つた戯談に笑ふ時その小さい歯から色ある響きがそれに答へた

とうとう知り合になつた、嬉しさに人知れず踊つて居た、たゞひとり暗き人なき所で

うちへつれて来て二人切りで画を描いた時、お珠さんの眼がすこし怖い光を帯びて私を見た
「私をお思ひなさい、一心に」とお珠さんに言ひつけられた
女の姿が見えなくなつた、私は探しまはつた
かなしくなりながら
浅草の活動写真館の暗の中でその人を見た
おどろきに眼がくらむ、女は貧しい故にこんな所のやとひ人とならねばならない
私も貧しい、どうする事も出来ない
それから夜毎に浅草へ通つた。顫へながら、高ぶる恋の思ひに
瓦斯と電燈との光、群集をくぐつて夜更けて家へとかへる珠ちやんを浅草から

吉原へと夜毎に追つた
話しかける一ときを作らうとして作り得ず、おかしい愚な追跡をくりかへした
女は私をこはがり始めた
酔つては走る狂の様な私の姿が女の神経を恐怖の極めに進めてゆく
私の恋は噴水の様に高まつた
ある夜まち伏せて居た酒場の戸の陰から
投げつけた酒杯が女の足下で銀に微塵にくだけた
女は狂態をむしろ憤つた
私は吉原の裏へ引つ越した、彼女の家は間ぢかに
女は顫へて居る、殺到する男の予感に

美しい月夜に似た灰色のある真昼、私は女を捕へたとあるいぶせき小路に
私は打ち明けた、眼をつぶらなければ言へぬ程の激しい思ひを
女の眼は静まりその顔は石の様に冷めたくなつた、美しい刹那のヒステリア
私は恋を失つた、女は私を逃げた、茫然とのこされて涙の泉が私の心に澄み輝いた
その夜から獣の様なすてばちな乱肆の生命が私の身を酒と卑しい女とに投げ入れた
私は私を失つた
涙と一緒に私は東京を離れて遠い国へと旅立つた。

＋

寒いあやふい空は照る
金の草木のその上に
秋は静にうつくしき
季節と人は今ぞ知る
活々と恋は生きかへる
美しき君が顔に。

＋

槍の様に雨がふる
真蒼に恐れて屋根は輝く
夜はふけてゆく
恐ろしい夜はふけてゆく

寒さに慄へて私は窓辺に居る
さびしく貧しく弱く。

十

うるほひて晴れたる
美しき日の下に紫の道は走る
その顔の仏に似たる友だちと
ほほ笑みてわれ歩む

日もすがら地を歩む
日かげに似たるものぐさの二人
たゞ語りたゞ笑ひたゞゆく
あてどなきかなたへ

若き日の行く音に
さびしく耳立てゝさすらへり
美しき目赤き街輝きて叫び動けど

たゞぼんやりと道を二人はゆく
瓦斯マントルに似て光る雲
青きかげを二人にそそぐ
美しき悲哀心にくもり
しばしは共に黙りゆけり

ある日ぐれ

血の強いにほひが
草木から、星から、走る車から
どくどくと、ほとばしる
血は血に滴《した》たり
血は血に飛ぶ

生きたる物から滴たる
その強さと恐ろしさとに
わたしはぎよつとした

どくどくと血が滴たる
万物の動脈が切れた

命が跳ね上つた
そして落ちる
まつさかさまに

これはどうした事だ

逃げろ逃げろぐづつくな
血は滴る一滴、三滴、五滴、九滴
天から、地から、街から、電車から

こりやどうだ
血のにほひの強さつたらない
ぎよつとしてたたずむ私の体軀からも
血が点々として滴たるぞ
血は血に
血は血に滴たる

あ。

〔以上大正六年作〕

宮殿指示

みなさま御覧なされ
私の指す方を

金、硝子、玉、銀、鉄、銅、大理石
あらゆる輝く物が摑み合つて叫び合ふ
赤熱したオベリスクだ
かつと、ごちやごちやと空に棒立つ
あれがすばらしい御殿だ、体積十億立方米

総体の色が紫だ
日が降ると血がかる

総体が一つの楽器だ
絶えずうめき鳴りきしめく
柱に、天井に、床に、それぞれ楽器が埋めてある
絶えないオルケストーラ
耳をすまして御覧なされ

総体が一つの香料だ

椅子も玉座も玄関も屋根も皆にほふ
蜜蜂が数万御殿へ日毎に集まつて狂ひ死ぬ
こゝからその有様は見えますまいて
だがにほひはつたはりませうがな

ところがこのすばらしい宮殿には
たつた王様がひとりぼつちでお住まひだ

みな様御覧なされ
王様が窓から見える
黄金のパレツトを手にして
画を描いて居られる

みなさま土下座をなされたい
王様がお出ましだ
王様は是から浅草へ行幸だ

泡盛を呑みに。

＋

走る走る走る
黄金の小僧ただ一人
入日の中を走る、走る走る
ぴかぴかとくらくらと
入日の中へとぶ様に走る走る
走れ小僧
金の小僧
走る走る走る
走れ金の小僧。

＋

世界がかきくもる
ぬえが現はれる前の空の様に

私はまた愛の恐ろしい曇天に会つた
そしてわけもなくふさいで居る

ばかばか、ばか
と云つても空は晴れない
私の心の空は。

百円札

私をメランコリヤに落すのは
私の貧乏だ
私は絶えず見る
路を歩く時も
物を見る時も

不思議な幻を
私は音楽とぜい沢品の満ち溢れたにぎやかな街の空に
またその幻を見た
はつきりと

百円札が百枚きらきらと飛びちがふ中に
私の手がぬつと出るところ

金、金、金
私は血眼で
金をほしがつて居る。

木と空に

木が風にふるへる

死神の眼の様にくらい葉が
ざわざわとゆらぐ
絶えまなく葉は光る

命がその度に輝く
幽な紫に
私の命が
もどかしさうに哀しさうに

空が木をみつめて居る
絶えまなくふるへる木を
それから私を

その空をふつと風が吹き消す
私はまばたきする
命は消えさうだ。

わが命

あぶの様になつて居るわが命よ
お前はまだお前の本体にかへらぬか
病んでから五月はたつた
死神の手からにげて四月はたつた
お前はまだ幽かにうなつて居る
お前はまだ影だ
こはれたまゝだ

情なき汝が声よ
いかに自分が完全なる充溢せる汝をのぞんで居るかを知るか
私ののぞんで居るのは
張り切つたツエツペリン航空船の様な命だ
はぜんとするダイナマイトだ

人をけ殺す狂馬の命
羅馬の闘士が命だ

まだお前は自分の心を満たさぬ
そんなかげろふの様な
すゝりなくヴヰオロンの様な命
つぶやきうなるのをやめろ
力と量とを得ろ。

＋

楽器の如くなりひびく少女を腕にかかへたや。

＋

性慾をどう始末すべきかまだまださしせまつた事ではないらしい。

＋

愛らしい少女に□□□[1]を描いてみせたら

少女の顔はさらに愛らしく輝いた
色情はすべての美の元か。

編註　(1)ちんぽ

＋

古いへうたんが木に吊るさがつてしんとして居る。

＋

わが体なにとなくだるし是はやまひ故か気のつかれか。

＋

この秋は吉か凶か、しかしそれどこではない。

＋

赤酒を盛りし杯をはこぶウヱーターか
われはわがともすれば溢れ出でんとする
血をもちて生く。

＋

砂上にあふむきにひつくりかへる時空は
翡翠に澄み微風海より吹く
この恍惚たる生の一瞬。

＋

時としてわが心、身をはなれ空より
われとわが身を見る
砂上に横たはる痛ましき人肉一片。

＋

鋼鉄の肌をもちし少女よ
その肌を日に燃やして恋するか。

＋

ルユーベンスの油画流れよりしと思ひしは

海中にすつくと出でし漁夫の体。

＋

病んで居るギリシア人でありたい。

＋

世界は赤だ、青でも黄でもない。

＋

あるすてばちの心を自分は起す
しかしすてばちにはもう何べんなつたらう
すてばちはもう自分をなぐさめなくなつた。

＋

おれのつなわたりも終りにちかづいた
つなは断れさうだ。

命

命はかすれながらつづく
それは色のけむりだ
それは薄いひくい紫の色階だ
それは消え去るもので
しよせんは一またたきのまぼろしだ

その薄いけむりはつづく
その命にささへられて肉体は立つ
ピストルを打つ様に光をうつ
日の強さ

それを幽かにかすめて
薄い紫がつづく。

＋

金色の酒をくみて
うたひさわぎしあとに
つかれおぼえて
吐きし薔薇色の酒よ
うらめしきその酒。

＋

黒い顔の男よ
紫じみて見える男よ
すこし狂じみても居る男
泣くな
なげくな
しよげるな

日毎にお前は海べりの砂丘に
よろめき上る
狂の様に日にあたつて居る
暑くはないか、くるしくはないのか
物ずきな男よ

お前はゾロアスター教徒か
日にかつえて居る男
日に裸をこがしては
泣いたり笑つたりひつくりかへつたりする男よ。

一本のガランス

ためらふな、恥ぢるな
まつすぐにゆけ

汝のガランスのチユーブをとつて
汝のパレツトに直角に突き出し
まつすぐにしぼれ
そのガランスをまつすぐに塗れ
生《き》のみに活々と塗れ
一本のガランスをつくせよ
空もガランスに塗れ
木もガランスに描け
草もガランスにかけ
□□(1)をもガランスにて描き奉れ
神をもガランスにて描き奉れ
ためらふな、恥ぢるな
まつすぐにゆけ
汝の貧乏を
一本のガランスにて塗りかくせ。

——十二月四日

編註　(1)魔羅

いのり

わが神はわれひとりの神なり

神よ、神よ
この夜を平安にすごさしめたまへ
われをしてこのまま
この腕のままこの心のまま
この夜を越させてください
あす一日このままに置いて下さい
描きかけの画をあすもつづけることの出来ますやうに。

＋

神よ
いましばらく私を生かしておいて下さい
私は一日の生の為めに女に生涯ふれるなと言はれればその言葉にもしたがひま

せう
生きて居ると云ふその事だけでも
いかなるクレオパトラにもまさります
生きて居れば空が見られ木がみられ
画が描ける
あすもあの写生をつづけられる。

――十二月八日
〔以上大正七年作〕

死の遊び

死と私は遊ぶ様になつた
青ざめつ息はづませつ伏しまろびつつ
死と日もすがら遊びくるふ
美しい天の下に

私のおもちやは肺臓だ
私が大事にして居ると
死がそれをとり上げた
なかなかかへしてくれない

やつとかへしてくれたが
すつかりさけてぼたぼたと血が滴たる
憎らしい意地悪な死の仕業

それでもまだ死と私はあそぶ
私のおもちやを彼はまたとらうとする
憎らしいが仲よしの死が。

〔大正八年作〕

散文詩

吾詩篇

フライムの子らは武具とゝのへ弓をたづさへしに戦の日にうしろをそむけたり　（詩篇第七十八篇九）

第一、喇叭にあはせてうたひたる村山槐多の歌

一、もろもろの民は愚なるかな。彼等は豚と童子との雑種児なり、二、彼等はその心のうちに『人間』を幽閉す。彼等は『人間』のバスチユーユを負ふ。その牢獄を破れよ。三、汝は汝の神なり。汝よ。汝その牢獄を破り『人間』をして豚と童子とに代らしめよ、四、すべての民を赤裸にせよ。彼等の皮膚を青蛙にするが如くむきすてよ。五、汝はトルコの女子に讃美せられんよりむしろ亜弗利加の黒奴に卑しめられん事を希ふ。六、裸形こそは『人間』。神の友。汝の恋人なれ。七、裸形の民を生命の奔流に躍らしめよ。八、汝彼等をひきゐて地球の如く大なる眼のまたたきの刹那刹那に生きよ。九、汝は真に賞むべきかな。ソロモンの富も汝の微塵なり。十、汝は富む。汝は太陽をも領す。汝は万物万事の主なり。十一、汝生きよ。人間の上に生きよ。裸形の上に生きよ。十

二、もろもろの民は愚なれば彼等は自らの脳髄を、肝臓を、胃を、一たびも見る事なくして生を通過す。十三、彼等は哀れむべきかな。彼等は知らざる者の恩恵を受くるなり。偶然の善き玩具なり。十四、されど万軍の主たる汝よ。吾よ。希はくは吾をして吾脳髄を、生きたる大脳を見さしめよ。十五、吾は万軍の主なり。汝をそむく者も嘲ける者も怒る者も敵する者も悦ぶ者もすべて汝の臣下汝の所領なり。十六、汝よ『人間』を牢獄より出さしめよ。豚と童子とを殺戮せよ。十七、もろもろの民のもろもろの生きたる大脳を抉りて彼等の眼にねぢ込めよ。十八、われ切に汝に希ふ。ああ汝よ。美しく豊麗なる汝よ。

　第二、紫野にありし時村山槐多の歌

一、わが霊は汝の今日の美しさに消え入るばかりに恍惚たり。汝は美しきかな。二、汝は今日半径の相等しき球体の如し。三、汝の球体は発育す。球より球へ発育す。四、汝は円満なり天地の如し。五、汝はいかに美しきかな。汝はいささかの欠所なし。宇宙の如く時の如し。六、火よ。山よ。星よ。地よ。もろもろの動物よ。人間よ植物よ。吾をほめたたへよ。七、汝等がかく現存するは吾の賜物なり。八、汝等がかくも美しく強く豊なるは万物の主たる吾健康の円きが故なり。九、汝等われを讃へよ。あらん限りの声を上げてわれを讃へよ。十、吾は是一人の客。天地は是俳優なり。演舞者なり。

第三、村山槐多嘗ておのが首を刎ねんとしてうたへる歌

一、ああ天地よ。汝等の号泣の声はわが心を微笑せしむ。何故に汝等はかく悲しむや。二、汝等は哀れむべきかな。汝等は末期にせまれり。三、汝等は今血を被らんとす。四、ああ汝等の哀泣の可笑しきかな。汝等泣くを止めよ。涙は不吉ならずや。五、われ汝等のうちにわれを憎む者嘲ける者その他一切を棲息せしめたり。これわが愚なる汝等に対する悦びなりき。六、ああされど今汝等泣くは何故ぞ。汝等は泣く。われはされどこの不吉の世界を微笑す。七、ああわれ汝等の涙を大なる雲の如き海綿をもて拭きとらん。われは余りに大なり。汝等は遂にわれを裏ぎらず。八、われもまた微笑して汝等に主たらん。われいまだ汝等を去るを止めん。

第四、太鼓にあはせてうたへる村山槐多の歌

一、切にわが希ふは血。かの赤きいのちの液体。血をこそ満たせ万民を汝が生命の器に。二、血の他に幸なし。血の他に美なし。三、人よ血に富め汝が肉を血の洪水に投げ入れよ。大和の強く美しき民族よ。汝等血をこそ求め。四、天平のわれらは嘗て亜米利加印度人の如く赤色なりき。しかもいま痛ましくもわれら頽廃したるかな。五、われら健康の芸術を切に欲す。六、われらが歌に血を注ぎたくましき肉を具へよ。七、われらが歌を太陽の如く天空に投げんか

な。八、われらが歌に獅子の如く虎の如かれ。九、われらかの歌麿の女子を炎天にさらし猿の血をその面に注射せん。十、われら写楽の悪しき眼に輝やきを入る。十一、われら運動と共に筋肉と共に芸術を立つ。十二、これわれらが祖先のとりし道。十三、健康の芸術をもて大和を飾れ。強健なる大和を立てよ。十四、汝等の祖先は血に溢れよく走りよく歌ひたり。十五、天平以後の病める世紀を平安朝を江戸を駆逐せよ。十六、切にわが希ふは健康の芸術。血液の大海より騰上する喜怒哀楽。十七、血の他に幸なし血の他に美なし。十八、野に出でよ炎天に出でよ人々。汝等の記号は日輪ならずや。十九、勇ましく雄々しき大和民族。汝等の真にかへれ。日輪の真紅にかへれ。二十、野獣の如く汝が恋人を逐へ。哀れむべき病的世紀の恋愛を破れ。二十一、白き女を殺戮せよ血のただ中に。肉を食へ血を満たせ大和の人々。

〔大正三年作〕

ある美少年に贈る書

君よかくの如く
また君に書を贈る者を君はよく知つて居るだらう
彼は悪鬼だ。無力を装ふに豪悪のマスクを以てし肉を装ふに霊を以てし絶えず
劣悪な絵画を描いて居る怪物だ。彼がもう二三年来君をつけ覗つて居ることは
君がよく承認する処だらうと思ふ
君はそれに対して如何なる感じを持つて居るか恐らく君の心には或る一種不可
思議なる恐喝を感じて居るに相違ない。事実恐喝が続いた
西の都にありし日の事の回想がこの怪物をして醜悪なる微笑に耽らせるに足る
中学校の教室から君に手渡されたラブレター
あの時君は恐ろしく赤くなつた君の昂奮が「恐れ」に関連して居た事を察する
に難くない。それから夜毎に乞食の様ななりをした（いつでもさうだ）かの怪
物が君の家のまはりをうろつき始めた彼は近衛坂と呼ぶ君の家の横の坂を上つ
たり下つたりした

君は確かにその姿を二三度見つけたに相違ない
それから二三度続いたラブレター、怪物が京都を去つて災害が漸やく去つたと
思ふと再びラブレターの連続遂に君は返事を書いたね
怪物が泣いて嬉しがつたのを知つて居るか
ああ其後一年は過ぎた。無難にそして君は東京へやつて来た五月の或る美しい
夜君は再び怪物の襲来を受けた始めて二人が打解けて話をしたのだ
君はこの怪物が柄になく美しいナイーブな思を有つて居ることを発見した事と
思ふすくなくとも或安堵を得たことと思ふさうありたいと怪物は村山槐多は願
つて居るのだ、彼の恋は未だ連続して居るから。彼は君の美に死ぬまで執着し
てゐる
彼はすつぽんだブルドツグだ君から彼を離すには君は彼に君の「美」を与へる
の他はない
君はこの怪物に君を飽きるまで眺めさせなければならない彼が君を口説いたら
う
「肖像画をかゝして呉れ」と
それがとりも直さず彼の恋の言葉なのだ
ああ世にも不運なる君よ

君は恐るべき怪物につかれた彼は君にとりついたが最後君から彼は美を吸ひとらずには居ぬ
彼は「美を啜ふ悪魔」だ
永遠に生命の限り彼は君につきまとひ君が空になるまで君の美を追求せずには居ぬのであらう
君がそれを憎みそれを厭ふ事はこの怪物にとつて何等の痛みでもない
この怪物は無神経だ
センチメンタルなき意志のみで出来た人間だから以上の不貞腐れを君に贈る
怪物より
一九一五年五月
〔大正四年作〕

童話『五つの夢』

天の尿

或時私が歩いて居りました。

空の青くうつくしく輝やいた昼間でした。

その日は奇体にも空が一段と高く見えました。私は明けはなれた野を歩いて居る癖にどうも深い谷底か井戸の底に居る様に思へてなりませんでした。

丁度小便がしたくなりました。

私はこらへこらへて歩いて行きました。だれかが見て居ては恥かしいと思つて。

私の膀胱が軽球のやうにふくらんでしまひました。しまひに私の腹一ぱいにふくらみました。

「ああもう辛抱が出来ない」と私は泣き出しました。そして一はねはねて高い空へ飛び上りました。

私は五千尺も上へ上りました。

そして青い空をとび乍ら一思ひに小便をいたしました。

私の股ぐらから小便で出来たまつすぐな長い金の杖がきらきらと下界をさして落ちて行くのを見て私は涙の出る程よろこんで居ました。

しかし次に真赤になつてしまひました。

下では五千人程の大勢の人が上を見て皆一せいに笑つて居るのが見えましたので、私は顔をかくして寝がへりをいたしました。

それからまた下へ降りたか、もつと飛んで居たかはおぼえて居りません。

女の眼

或る時やつぱり私が歩いて居りました。

すると向ふからすばらしいうつくしい御婦人が歩いてこられました。

ぱつたり私と出会《でく》はすとその方は立ちどまられました。そして私の顔をつく〴〵と御覧になりました。私は「何て綺麗なんだらう」と思つてやつぱりじつと、その方の薔薇色の顔に見入つて居りました。するとその方が両眼をふつと閉ぢておしまひなさいました。すると空がすつかり暮れてしまつて美しい月夜になりました。

暫くすると右の眼がかすかに明きました。その中から青味を帯びた金色の魚が一尾泳ぎ出ました。続いて一尾、二尾、三尾と五尾ばかり泳ぎ出しました。

次に左の眼がかすかにひらいて美麗なダイヤモンドが幾つもいくつもころころ飛び出して北の空へとんで行きました。

すると月がかくれて真暗になつたので、女の顔が見えなくなつてしまひました。

それからその女の人がさよならを言つたか一緒に行つたかはよくおぼえておりません。

しやつちよこ立の踊り

それは恐ろしい戦争で御座いました。

私の頭の上を赤い帽子をかぶつた兵隊の生首が絶え間なくいくつもいくつも跳ねとんで行きました。私はいやに、おちついて、居たものですから一々その首を見ましたが皆泣きつらをして居りました。

私の頭へどうどうと血がかゝりました。

そのうちに「逃げろ逃げろ」と大きな声がきこえるので私はあわて、逃げ出しました。

逃げながらうしろを振り向くとドイツの兵隊が鉄製の機械のやうにガチヤガチヤと追つて参りました。

私と一所に千人ばかりの兵隊が逃げてゆきましたがある綺麗な邸の中へかけこんでぴしやり扉をしめました。

「さあこれで安心だ」と私達は奥の客室へ這入りました。このお邸は欧州で有名な踊りの旨い夫人のうちでした。

うんと御馳走が出ました。

客間には金色の舞台がしつらへて御座いました。

「皆さんに踊つて見せませう」と美しいその夫人が出て来られました。

夫人は素裸なのです。そしてその弟子の踊り子が十一人一所に出て来ました。

皆素裸なのです。音楽が起つて踊りが始まりました。この踊りは奇体な踊りで皆しやつちよこ立ちに為つてくるくると舞台を廻るのです。そしてその足をばたばたやるのです。是には皆立派な宝石や瑠璃のクツをはいて居りますからぴかぴかと二十二本の足が輝やき動いて、それは美しう御座いました。

私はうつとりと見て居りますと、後ろで仲間が「やあ踊り子の首がないぢやないか」と申します。よく見るとなる程首がみなどこかへ飛んでつてしまつて足のお化がひよこひよこ踊つて居ります。「大変だ」と又外へ飛び出しました。外は相かはらず血みどろの戦でした。

女の頰ぺた

Ｋさんと云ふ美しい娘さんは私のお友達です。

その人の頰ぺたはそれは美しい頰ぺたです。

或る日二人で手を握り合つて坐つて居りました。

私は「どうしてこの女の頰ぺたはこんなに美しいのだらう」と思つてじつとＫさんの頰ぺたを見つめました。

美しいも道理Ｋさんの頰ぺたにはよくよく見ると細かい絵が描いてあるのです。

それは素晴らしい広い薔薇畑の景色です。真赤な薔薇が花盛りです。日がかつと照つて数千の薔薇はみんな美しい孔雀色の陰影をふくんで居ります。

その畑の真中の一本の木の下に猿が坐つて泣いて居るところが描いてありま

す。

何故泣いて居るんだらうと思つても絵の事だからきくわけにも参りません。私はむしめがねを出してよくよく見るとなる程、猿は手の平に小さな薔薇の刺が一つさゝつてゐたのでした。

きやつきやつきやつと猿は泣いて居りました。

Kさんがその時ふと立ち上つたので私はもうよく見る事が出来ませんでした。

ダイヤモンドのしらみ

私は理髪師をやつて居りました。

或る時私の店へ金色の洋服をつけた紳士がやつて来ました。

「もしもし理髪屋さん、私は王様のお使です、王様が『散髪』をなさるさうだから御殿へおはさみとかみそりとを持つて来て下さい」と申しました。私はそこで身なりをとゝのへて、秘蔵のはさみとかみそりと上等のシヤボンを持つて出掛けました。

王様は美しい若い人で御殿のお庭に居られました、どこの王様か、何んでもスペインらしう御座いました。御あいさつ申上げて早速仕事にかゝりました。王様の髪の毛は実に豊な美しい毛でした。
頭のてつぺんの毛の間に一つダイヤモンドの様な輝やくものがくつゝいて居りました。私はそれをとつて
「陛下、陛下、これは何んで御座います」とうかがひますと王様は顔を赤らめて
「何それはしらみぢやらう」との仰せでした。それで私はそれをつぶさうとしましたがコチコチしてつぶれません。やつぱりダイヤモンドだらうと思つて、それをポケットに入れて置きました。
さて仕事がすんで店へかへつて来ると丁度そこへ銀座の玉賞堂の主人が散髪に参りました。
「さうさう、王様の頭にこんなしらみが居た」と私がポケットからさつきの光物を出して見せますと玉賞堂はたぢたぢとなつて「一つ二万円出しますからゆづつて下さい」と申しました。そして大忙ぎで小切手帳を出して一筆やるとその玉をつかんで宙を飛んで行つてしまひました。
それでそのしらみは手元にありません。（完）

〔大正六年作〕

金色と紫色との循環せる眼

吾が眼球は一日、異様に美しき色の循環をうつし、吾が視神経は、しばらく鳴りどよむばかり恍惚にとられた。この事を記す。

それは、仏国画工グユスタフ・モロが画面の怪しき光輝に比すべきばかり古き年代を経た、一ツの赤き、五重の塔が重たく建つた下に、吾が経験した事である。此塔は巧なる建築であつた。優雅な歓楽の絶えず行はれる町の中のある坂の上に立つてゐた。其美しさは印度の奇異な動物の相を具してゐたある非常な聖者が堕落した為に変じた動物の形を具へて居た。仰ぎ見る者は誰人も、其の遊惰なる厳格に戦慄せぬはなかつたのである。そして其の塔の眼には溢る、ばかりの慈愛があつた。そして塔の最下の室には、黄金の皮膚を有つた仏像が坐して居た。其の像は、扉の外から見えた。そして其の光は、覗き見る者の頭を下げさせる。

ある春の薄暮であつた。吾が塔の下にまたも立つて居たのは。吾は何の為めに立つてゐたのかわからなかつた。だがこの塔を、はつきりと眼に満たして、じつと立つて居る自らの嬉しさは、たとへる物もないのであつた。天地がこの、赤き、なつかしき五重の塔と吾とを、永劫の世の中からいづこかへかくしてしまう様に感じた程であつた。

其時一人の痴愚なる坊主が美しい薄ら明りの中を、吾に近附いた。そして吾が耳に口をつけて言つた。

「これ八坂の塔え」

「あゝ」

吾は少しおどろいたが、其の美しい音声に恍惚となつた。

「この上に以前住んではつた」

誰だらう。

「誰が住んではつた」

坊主は眼を見張つたが、微かに呟いた。

「其れは人や」

この意味なき言葉が、其の時、水蒸気の様に、香水の香の様に、消えて行く、たそがれの霧の中に、この坊主も又消え入つてしまつたのである。で後には塔と吾とが、梵鐘に伏せられた様な物凄さで残つてゐた。何とも云はれぬ美しい魂をうける春のたそがれの薄ら明りの中に。

はでやかに、遥か下に見える都は燈火を飾り出した。その上の空の青さ。薄明るさに宝玉の星は輝きそめる。塔は全く暗く、影の重量の増すと共に重たくなつた。赤い塔は黒紫色のあでやかな塔となつた。吾が眼には余りに、重たく、高く、大きくなつてしまつた。だが吾は塔を離れなかつた。其下をふら〳〵と廻つてゐた。この塔の囲を八回廻つた時、吾は一人の美しき女が来てゐるのを発見した。吾は八回とも無人であつたのに引き比べて大に驚ろいて、じつと注視した。其時である、吾が視神経が破壊せむとしたのは。

吾は一と目ですでに、此の女が色情狂であることを知つた、其肌は怪しき紅色を呈し、其の細帯一本で押へられた派手な衣裳は見るのも猥らがましく、其の殆んど露出した肉体に引きかづかれてゐるのである。一種の強い電光めいて光る其の白い左足を、股迄露はし乍ら平然として此の女は上を仰いでゐる。女は塔を打ち見守つてゐる。吾は其時思はず塔の上に飛び上つてぴつたと塔へ身を押しつけて、じつと、女を注視したのである。其の女の眼を、塔を写せる眼を注視したのである。

美しき女であつた。

其の面は孔雀石の如く青色を帯びてゐたが、その唇は真紅に輝いた。而してたそがれの濃い空気で、其の東洋的な容貌は著しく神秘になつてゐた、殊に其の女は狂気であつた故に。其の女は、じつと、まるで石像の様にじつと立つてゐる。不思議さうに見つめるは唯塔、この美しく物凄き塔のみなのである。

それで、吾も、じつと、其の女を見守つた。

自分の、うづくまれる処と女との距離が二間ばかり有るが、光の具合で、仰むいてゐる女の顔は、気味悪るい程明確に吾が眼球に写るのである。女の顔は丸くて豊麗である。吾は思はず、何処かで見た、博士スタインの発掘せるトルキスタンの仏像の写真を念頭に浮べた。其面はげに砂漠的であつた。埋れたる豪奢であつた。唇は断え間なく薄明りの中で戦慄してゐるのが見える、そして其の眼を吾がじつと、じつと見下した時であつた、その上方に向ける仇めかしく好色に大なる眼に美しき色が環してゐるのが見えた。自分はびつくりした。

この狂女の眼の中に、無数の金色の微粒子がきらきらきら〳〵してゐる。而して此の金のきら〳〵は、次第に紫色の微粒子にうつり行く。また其の微粒子は金に化する、かくて絶えまなく一の円い軌道を作つて、金色と紫色とのきら〳〵が、この女の眼の中で循環してゐるのである。お丶、其の美麗さに、吾は実に気も遠くなつた。気も狂ほしくなつた、恰もスピサリスコープを覗く様なこの美しさ、あでやかさ、不思議さは、わが理性を打ち亡ぼした。吾にはも早やこの狂女は仏であつた。偉大な美の聖者となつて、千万の燭に照らされて、吾が前に現れたのである。吾は泣いた。泣いて戦慄した。忽ち金色と紫色との循環は急速になつた。そして、その色の循環は、この狂女の眼から全世界に広ろがつた。此の赤き五重の塔も、美しき春のたそがれも、燈かざり初めし美しの都もすべて金色と紫色とに循環し出した。吾はうめいた。一声高くうめいた。真赤な血が全身に沸騰した。

吾はいきなり、この色情狂の女に飛びかゝつた。そして、其の眼球に指を突込んでゑぐり出した。

美しく鋭き悲鳴が、この春の薄明りに伝はり、不思議な塔に反響した。だが吾が手には真赤な血に染まつた、宝玉の様な眼球がある。吾は嬉しさに叫んで、そしていきなり走り出した。この塔の下の町を、まつしぐらに京都の町へ走り下つた。金色と紫色とのきらきらを絶えまなく身に浴び乍ら、真紅の眼球を右手の掌に載せて、まつしぐらに京都の美しい燈火の中に馳け入つたのである。

短歌

冬の街薄く面を過ぎる時落胆われにせまりけるかな

濃血《こきち》人《びと》情あまりて泣きしきる春の薄暮ぞいかに嬉しき

豊かなる人をこそ好め西欧のかのぶだう酒の色の如くに

この真昼いかめしくして拉丁語を用ひる街に立てる心地す

ぎりしあの若人達に桜花見せなばいかに「ぬるし」と云はん

梅林の中を過ぎりてその痛く苦きにほひに君を思へり

わが面のみにくきことに思ひ至りかうもりの如泣ける悲しさ

人形のさびしき皮膚の白桜咲く日はかなし心空しく

ああ切に石版画をば思ひけり手に薄赤き桜花とり

放蕩のぼたん桜にふれる雨春を濡らすと知るや知らずや

街中の疏水の滝にアーク燈薄青く照る凄きさびしさ

友禅に夜をつつみて君が眼の薄ら明りへ投げむとぞ思ふ

ああわれはいづくに行かん茫然と立てば小鳥は美しく鳴く

読み耽るいと猥らなる物語り獣の如く心を狙ふ

底をゆくこの生活のおもしろさ底を極めむところまでゆけ

円山にルノアールの画思ひつつ貧者たたずむこの不思議さよ

ダーリアの眼つきに我を吸ひよせよ妖怪の如美しき君

いづこにか火事あり遠き鐘きこゆ犬の吐息す夜半の外面に

いと悪しき想ひを強く身に浴びてシネマの小屋を出でし午後二時

熱すこしありとおぼえてわが心砂塵の如く顫へとべるも

黄表紙の支那の淫書によみ耽る夜はいと奇しく美しきかな

東京の泥の市街をさまよへるわれを思へばあはれみの湧く

肥りたるモデル女のくれなゐの肌にもまして赤く日暮れぬ

うるはしき少年の家の午後十時「さらば」と吾の立ちしかの時

さびしさのアルミニウムに蔽はれし心地ぞすなる今日此頃は

左手に椿の花を右に絵をもちてかけれる美しき子よ

男爵の小さき姫《ひめ》とそばを食《は》みをかしき昼をすごしけるかな

美しき少女の頬の紅《べに》いろにまづこの春のうたのはじまる

清ちゃんと自が名《なまへ》を明したる美しき子の口のよさかな

酒瓶十二わが腹に入る事のみを　幻《まぼろし》　に見て街をたどれり

色狂にならんとするをおしなだめわれとわが身を連れてゆくわれ

ああ大地とどろき渡りわが堕落怒れるを見て心かなしも

たくましき中年の女新富町の河岸に美しくそりかへりき

アメリカの百姓女うれしげに銀座を過ぎぬ五月の夕べ

楽器屋にピアノのひびき溢れ満つ涙に充ちしよろこびをなす

苦しみを薬の如く時定めてあたへられたりあつきこのごろ

汗ばみし紫の花の値を問へる夏の女を夜の店に見る

物すべて愚かに見ゆる日のつづく耐へがたき事われに科せらる

ただひとり泉津の邑に打もだす醜き画家のあるを君知れ

腐りゆく美しき花のにほひする老女の頰をみつめくらしぬ

かの人の頰の白さを九十九里の砂に見いでて涙ながるる

藍色の雨より細き命ありてわれを濡せりうらさびしきも

金のせき紫のせきする病われにとりつき離れざりけり

金色の酒のあとにてつかれしか薔薇いろの酒吐きしわかうど

停車場の汽車のひびきをききつつもわれらが恋のことばをもきけ

〔大正二年―八年作〕

小説

居合抜き

上州館林藩は非常に、武芸の行われた処で、其の武芸には他藩に見られない独特なところが有った。

館林の藩士は総て野太刀にも、金具を打たないと云う。

其れは危急の場合、刀を抜く暇が無かった時は、直ぐ鞘ごと渡り合う。一二合の中に飛んでしまう此の用意がある。此の藩で殊に有名であったのは居合であった。藩士は総てこれに達していた。

或る年、名も無い小禄の一藩士が勤番で江戸へ上っていた。一日、彼は回向院の角力を見に行った。素より小身で財布豊かでない彼は百姓町人の中に混って土間の一隅に座を占めて、熱心に勝負を見ていた。すると、此の士の頭の上の桟敷に一人の旗本の武士が矢張り見物に来ていた。芸者や幇間を五六人連れて酒食をよび呑めやうたえの大騒ぎである。旗本はもうぐでぐでに酩酊している。其内に驕れる彼は、其の酔眼に下の土間に居る彼の貧しげな様子をした士が映った。

彼の心中は忽ち軽蔑で一杯になった。而して盛んに、聞くに堪えぬ言語で罵り始めた。

しかし、土間の士は振り向きもせず、ただ勝負を見ている。旗本は、相手にならぬと見ると、益々暴言を吐いた末は、徳利や茶碗を礫の如く下へ落したり唾を吐いたりする。其れらは、或時は下の士の頭に当り、或時は着物を穢すのである。けれども士は一寸も動かぬ。泰然として識らぬ顔である。

旗本はますます好い気になって仕舞には、手にしていた煙管を桟敷の欄干でぽんとはたいた。真赤な吸い殻は恰度、館林の士の頭のてっぺんの元取の辺りに落下した。吸い殻は、じりじりと剃り立ての頭を焦がして、其処に大きな火膨れを拵えて、やっと消えた、上では芸者や幇間が嘲笑するし、辺りの人はじろじろと士の頭を嘲り見る。どっと笑い声が起る。其れでも身顫い一つせぬ。黙って土俵を見詰ていた。

かかる暴行をした旗本は何時しか此れにも飽きて又下劣な事に心をうつしてしまった。其中に時移り、番組も終って見物は皆小屋を出る。

恰度木戸口のところで彼の旗本武士と辱かしめられた館林の武士とが、後から押す人波に押されつつ一緒になった。最早さっきの事など忘れて了って他愛もなく唄など怒鳴り乍ら、芸者の肩にすがってよろめき出ようとする刹那である。後ろに居た館林の武士が、左の腕に抱えた自分の羽織を右手で以て、ぐるりと背中に廻して着たと思って前を見ると、今現在浮かれて居た旗本の首がコロリと其処に落ちていた。周囲の人は唯々魂消る外はない。下手人が誰ともわからない。

小屋中は大騒動になった。木戸口はすっかり閉じられてしまった。役人がやって来た。而して見物全部を一人一人検《あらた》めることになった。刀を差した人間は皆木戸口で刀を抜いて見せる。血がなければ出して了うのである。

遂に館林の士の番になって、彼は役人の前へ出た。彼は腰の太刀を抜き放って役人の眼の前へ突き出した。これには一点のくもりも附いていぬ。

「よろしゅう厶《ござ》る。次には脇差を拝見致し度い。」

役人が云った時、彼は忽ち恐ろしい形相で役人を睨みつけて叫んだ。

「黙れッ、武士たる者が大刀を持って居り乍ら小刀で人を切るかッ」

役人はこの勢に戦慄して一言も発しない。

そこで彼は、悠々と木戸口を抜けて、とうとう殺し得になった。

小禄の武士でこれであるから見ても、館林武士の居合の技倆が如何に怖る可きものであったかが分るであろう。

美少年サライノの首

暗い紫の酒と貴い黒い酒で空気の代りに世界を蔽うた様な情濃き夜であった。この恐ろしい夜に灯が輝いた。きらきらと綺羅めかしく白く赤くかなたこなたに。

吾は遠方からも近くからもその灯の輝くのを見たのである。なつかしい灯なのでついその灯は古ギリシャの絵にある女の眼を抉り出してかけつらねた様に見えた。美しい明快なあのギリシャの女の眼を抉り出して。

吾はうろついて居た。この小春の夜の京都をあてどもなくうろついて居たのだ。吾の肌はこの夜にしびれてしまった。吾の肌は美しい夜空に染められた。紫に。吾の思いはいずこをさまよったのか。それは知らない。が吾の眼玉はあらゆる美しき物を見つづけて来たのである。それは動画めいて一秒毎に変る美しき景物を見た。川を見た。女の群を見た。灯の群を見た。陰影の集団の中を過ぎた。吾は橋を渡った。大きな寺の門を抜けて星を見た。かくして遂に吾が真に地と暗とのみの境に来た時はもはや真夜中であったのだ。そこは悪しき野の中央であった。泥濘の中に吾は立って居た。都は遠くに輝いて居る。吾はいつの間にか、都を去ってしまったのである。吾はいままったく暗中に立って居るのである。その時深い夜は静かであった。猛烈に静かであった。吾の思いは深い深い穴を下りて行く。ふとすこし寒くなったと共に吾心はふさがった。吾激しき恋はまた蘇生《よみがえ》って来たからだ。この時吾は見た。サライノの首を。その幻を。吾崇拝せる人の愛人を。そして吾の恋人を。サライノの首を眼に見た。その首は銅製であった。真赤な銅の塊りであった。頭には数千の蛇が痙攣した。美しき髪の毛が苦悩と歓喜と交々《こもごも》起る如く無暗に痙攣した。サライノの眼は、この蛇の霞の中にじっと輝いて居た。じっと吾を見て居た。どう見ても首だけであった。その瞳の底ではその深なさけが十二単《ひとえ》を着かけて居た。一枚一枚とその美しい豊な裸形の上に重ねて行く。そして吾はじっとその情の盛装をまって居た。実にこの少年の瞳は美しかった。その睫毛は、孔雀の尾の如く輝いた。吾は嬉しかった。ああ嬉しかった。この美少年は吾に敵意を有たないらしいのだ。その眼ははずかしそうに吾を見つめて居る。彼は無言で吾を愛して居る。唇は赤かった。火の様に。火の様。『サライノ。』『サライノ。』と吾が呼んだ時、サライノは微笑んだ。その眼は灯の様に輝いた。一箇のアダマントが吾眼の前にある様に。吾はまた呼んだ。『サライノ。』と。この声は大きかった。この夜半の暗に遠く遠く響きわたった。こだまはかえして来た。サライノの首はあでやかに微笑した。其時忽ちレオナルドは、いかめしき天才はすっくと立現われて美少年サライノの首は銅の首は、とんだ。暗の中に飛んだ。『おう吾が崇拝の人。』とかく叫んでレオナルドの顔を見守った時わが全身は恐怖に戦慄した。『サライノの首は。サライノの首。』レオナルドはすでにサライノの首を中空近く投げうってしまった。美しき首は猛然と何れへか飛びさった。わが胸は苦しかった。わが眼にサライノの姿は消えた。その代りにかのレオナルドのいかめしき顔が浮び上った。彼の眼は死んで居る。彼の全身は死んで居る。彼はメドウサに魅いられた人間の形相凄まじく石と化して居るではないか。しかもその眼は語る。その腕は動く。その口は語る。怒りに顫えて語る。彼は今敵に対して居る。彼は今要塞をきずくレオナルドである。一五〇二年のレオナルド・ダ・ヴィンチであった。『汝はサライノを恋するか。』『然り。』と吾は答えた。『サライノは俺の美少年だ。』とレオナルドは答える。吾が思いは苦しさにあえいで居る。暗は深い。真に吾はサライノを恋する。かの美しきサライノを。レオナルドこそは吾恋の敵だ。『汝より吾サライノを奪わん。』と吾が答えた。その時レオナルドの怒りは暫時動かなかったが、じきに彼の創めた微笑は古モナリザの微笑に変じた。彼の死したる眼は彼の死したる唇は笑った。『汝は吾が寵童を奪わんとするか。』『然り。』と吾は答えた。吾が思いは其時火の塊であった。血は噴水の如く全身にほとばしった。レオナルドは云う。『汝よ。亜細亜の一人。村山槐多。汝は吾が美少年サライノを思うか。吾が寵童を吾れより奪わんとするか。サライノと汝の恋は火の如く強きか。さらばいま汝よ。吾れ汝に与えん。美しきサライノを。かの蛇の如くおののける長髪を。かの汝東方《ひんがし》の黄子の為に吾れを裏切れる好奇なるサライノを。わが愛すべき小敵よ。』と。其時レオナルドは双手を上げて暗の空をさぐった。そして電光と共に美しきサライノの首は再び吾が眼前に現われた。レオナルドの不思議なる微笑は消えた。彼も消えた。かの少年の美しき微笑は代りに吾が前に現われた。サライノの首は近づく。その髪は近づいた。吾が血は天に奔らんとしその出口を吾が唇に発見した時サライノの豊なる唇は熱したる銅の唇は吾が唇に触れた。そのにおわしき長髪は吾が頬に触れた。蛇の如く。不思議なる香料のにおいがその時吾が神経を恍惚の内に地獄の夢にさそった。その香料はサライノの髪の毛であった。滑かにそは吾に触れた。『ああ。美しき君子よ。すでに君はレオナルドの君にあらず。今宵よりは吾の君なり。』と吾が叫んだ声はこの真夜中の黒き酒の如き空高く響きわたった。

殺人行者

(一)　闇の収獲

自分は画家であるが自分の最も好む事は絵を描く事でなくて『夜の散歩である』。彼の都を当てどもなくあちこちとうろつき廻る事である。殊に自分は燈火すくなき場末の小路の探偵小説を連想せしめる様な怪しき暗を潜る事が無上に好きである。或冬の夜であった。九時の時計の打つのを聞くとまた例の病がむらむらと頭に上って来た。『そうだ。また今夜も「闇の収獲」に出掛けよう。』と外套をかぶって画室の扉を出た我が足は、それから三十分の後には都の東北なる千住の汚き露地の暗中を歩いて居た。すると自分の前を一人の矢張り黒外套を被った黒帽の男が行く。自分はその男が痛く酔って居るのを見た。そして追い付いて抜け過ぎる瞬間、その男の横顔を覗き見た自分は思わず一条の水の奔ばしる様な戦慄を禁じ得なかった。この世の物とも見えないばかりに青いその顔は、酒の為か不思議な金属的光沢を帯びて居る。暗中でよくはわからないが、真珠の如く輝くおぼろなる其眼の恐ろしさは、一秒も見続ける事が出来ない程だ。背高く年三十代の全体に何となく気品ある様子が自分の好奇心をひいた。自分はそこまでわざと男の後になってそれとなく尾行して行くと男はあっちへよろめきこっちへよろけつつ約一丁ばかり歩いたが、その見すぼらしい居酒屋の障子を見ると立止まった。そして顫う手で障子を開けて中へ入ろうとする途端『ああまたいつかの狂人が来たよ。』という声が聞えて、男は力一杯外へ突き出された。そしてどすんと自分の胸に撞き当った。自分は『どうしたのだ。』と酒屋へ這入って問うた。『何あに、是は正真の狂人なので乱暴して困る物ですから。』とお神さんが弁じるのをなだめて、自分はこの男を酒屋へ連れ込んだ。ランプの光はこの男の全体を明かにした。自分は更に驚いた。狂人と呼ばるるこの男の外貌に、如何にも品よき影の見える事である。自分は直覚的にこの男が或容易ならぬ悪運命の底を経て来た人間である事を見てとった。そして非常に興味を持って来た。『まあ君飲み給え。』と杯を差せば男の恐ろしい容貌には或優し味が浮び、ただ一息に呑み乾した。そしてじっと自分を見守ったが『ね君。俺は狂人じゃあ無いんだ。決して決してそうではないんだ。』と言ったその眼には涙がにじんだ。その刹那自分はこの酔漢が溜らなく哀れになって来た。抱きしめてつくづく泣きたい様な気持になって来て『そうとも、君が狂人な物か。』と叫んだ。徳利を更える時分には自分はこの男を今夜わが家に連れ帰る事に決心してしまった。『ねえ君。僕のうちへ行ってまた飲もうじゃないか、え、僕は独りぼっちなんだ。淋しくて溜らないんだ。君来て呉れるね。君。』すると此男はしばらくぼんやりした大きな眼で自分を見たが強くうなずいた。自分はすぐ二人で此居酒屋を出た。この男を扶けながら電車通りまで出ると、もう十一時であった。リキュールを一本買い電車に乗りやがて自分の画室に帰り着いた。這入るなり彼は『お前は好い絵描だねえ。』と叫んで自分の首を抱いて頰を吸った。ストーブを燃やしリキュールの杯を前にした時、彼は如何にも酔い果てて居た。その眼は何処か物哀しく何処か優しく何処か恐ろしく輝いた。そして自分に杯を差しながら『君はきっと聞いて呉れる、わかって呉れる。お前にだけ話すのだからきいて呉れ。俺の愚痴を聞いて遣って呉れ。』と言いながら長々しいその経歴を物語った時自分はこの男の正体の余りにも奇怪なのに戦慄した。以下はその物語であり文中『僕』としたのは彼自身の事である。

(二)　考古学者と伯爵令嬢

僕は名を戸田元吉と云う一考古学者である、と云えば却々《なかなか》偉そうに聞こえるが実はほんの道楽者である。と云うのが僕の家は可成りの資産家で次男に生れた僕にも一生の生活には決して困らない丈けの分前がある所から大学を出は出たが、何一つ学んだ所なく出てからも何一つ是と云う仕事もしないで遊んで居るのである。しかしとに角職業に選んだ丈けに考古学や歴史には随分熱心であり小さな研究は絶えず遣りそれが為一年の三分の二は旅行に費やした。大学を出て二年目に僕は或伯爵の娘を妻に貰った。この妻の豊子は少年時代からの知合で僕の世界中で最も好きな女であった。僕は豊子の事を語り出ずる時激しい苦痛なしでは居られない。此最愛の女を僕の此手が殺してしまったのではないか、其薔薇色なりし頰、ルビー色なりし唇や、またそのあでやかに肥りたる肉体にめぐった血液が、僕のこの手に惜し気もなく滴り落ちたのではないか。しかし僕はまた豊子の事を思わずには生きて居られない。たとい自分の悪業の回想の苦痛に全生活の幸福を犠牲にするとも、決して決して自分は豊子の事が忘れられない。彼女は実に立派な女であった。そして活潑で男性的で大胆であった。僕の生涯は彼女と一所になるに及んで忽ち燦爛と輝き始めた。かくて楽しき新婚生活の一年後の夏となった。未だ子なき気楽なる二人は今年の避暑地の相談をした。『山と海とどっちが善いだろうな。』と言った時彼女は『山。』と即座に答えたのである。そして彼女が行って見たいと云う一地名を挙げた。それは信濃の山中にある。其処に豊子の友人の貴族の別荘がある。其れを借りようと云うのである。僕も賛成しその貴族を訪ねて聞いて見た時一寸不安な気持がした、その人の話に依ると斯うである。その山荘は一族中の大層物好きな人の建てた物で大変な山の中にある。そして近来五六年はその周囲の山々に一大賊が手下を連れて出没し、方々の町村へ下りては殺人強奪を行い警察も手の付け様の無い有様。現在は別荘番夫婦を置いたのみで打棄ててあると云うのである。そして言を極めて行ってはならぬと忠告した。僕もそれで思い切る事にし、帰って話すと豊子はきかない。何でもその山へ行こうと云う。そこで僕も強てその山荘を借り受ける事にし、いよいよ二人で出掛けた。

同行は女中一人。今から思えば実に悪運命の始まりであった。麓の村へ着いて頼んだ案内者は僕等がその山荘に一夏を過ごすと聞いて非常に恐怖の表情をした。そしてよした方が好いとすすめた。何でもその賊は一種異った人間で強奪を行う時必ず人を殺す、その方法は常に同一で鋭利な短刀で心臓を見事に刺してある、だから未だ曾て一人でも実際に賊を見たと云う者がない。見た者は必ず殺されるからである。故にその頭領は『人殺しの行者』と呼ばれて居る……。

かかる話を聞いて僕の不安は更に募った。しかしさて別荘に着いて見ると僕等はそんな不安をすっかり忘れ果てた程満足に感じた。

(三)　不可思議極まる石崖

別荘は麓村から二里ばかり上った所にある。深い谷に臨んだ崖の上に立って居る、西洋建築で青く塗られた頑丈な家である。その二階から谷と共に向いの山が真正面に見渡され実に絶景である。豊子は子供の様に悦んで自分の眼利きを誇った。

或時僕はこの辺り一帯の山々の脈状を見て来ようと思い立った。そして早く別荘を出た。『呉々もあっちの山へお這入りなさいますな。』と云う老人の声が何となく神秘的に聞こえるのをあとに残して別荘の上の山へと上って行った。この辺の山々は人が多く這入らぬので道は殆んど足あとの続きに過ぎぬ。僕は唯一人道を求め求め上った。夏の晴れた日だから、随分上るのに息が切れて、丁度その山の頂上と思われる地点に来た時は午後一時時分であった。しばらく休んでからまた下り始めた。すると、僕は知らぬ間に道を見失ってしまった。そして非常にわずらわしい雑木林の中へ落っこちてしまった。仕方なく磁石を頼りにずんずん其中を伝い下った。するとやがて一つの傾斜した谷へ出た。其処で憩って居る時僕は興味ある事を発見した。それはその渓谷に沿うて一列の石が走って居る事である。それは決して自然に出来た物ではない。人工で立体に切った石の列である。そして非常に年代を経た物である。自分は興味に乗り出した。この列石はよく考古学者の問題となる称類に属する物であるからだ。そこでその列石を尾けてこの谷を下り始めた。石は或は地に埋没し或は木にかくれつつ、谷に沿うていくらでも続いて行く。およそ一里許りも行ったかと思う中にいつしか見失ってしまった。そしてぼんやりして向うを見るとすこし上った所に変な石崖が見える。確に人工の物である。僕はすぐそこまで上って見た。そしてよく調べると、その石崖の一寸一目で分明らない部分に一つの小さな入口がある。そして扉が開いて居る。それは諸国にある穴居の遺蹟によく似通った物である。僕の好奇心は湧いて来た。すぐその小門から中へと這入って行った。這入って暫らくは、道は水平で這わなければならぬ程狭い所もあり、中途でずっと広くなって、中腰で立って歩ける様になると共に傾斜し始めた。そして所々で角になって居る。よく考えると道は螺線状に這入って行くらしいのだ。懐中電燈の光でずんずんと伝って行く。

(四)　物をも言わず捕縛

やがて余程這入ったかと思うと道が尽きて大きな石室へ出た。懐中電燈の光で照して見ると、此処はすっかり石で張った高さ一間半四方位の室で、内部は空虚であり右手に次の室に通ずる口がある。一体何の為に地下にかかる室があるのだろう。古代の墓かそれとも住居か。地上を探して見るが何の紋様もない、土器の破片の外何も落ちて居ない。そこで右の入口から次の室へ這入った。次の室もほぼ同形である。懐中電燈の光を中央部に向けた時僕は昂奮した。そこには長方形の石棺が置かれてある。して見ると此は古代の墓所であったのだ。それに近づいてよく検査した時『是は意外な発見だ』と思った。それには推古時代の物と推定し得る紋様がある。そして奇妙な唐草が棺の蓋に着いて居る。『どうしてこんな山中にこんな貴族的な棺があるのだろう』と思いつつその唐草を精密に見て居ると僕はふと奇妙な事を発見した。それはその石蓋の横面に当って一つの石の割目が着いて居てそれから垂直に棺に線が這入って居る。驚いた事には棺の横面は一枚の戸になって居るのだ。変だなと思ってその戸をいじって見るが開かない。ふと偶然に手が蓋の隅にある一つの花の彫物にさわった。するとその花ががたがた動くのである。僕が指でそれをぐっと推した時不思議や棺の横はがたんと下へ下りた。そして覗き込むと棺の下は縦坑になって居るのであった。その中から微かに灯の光が反射する。僕はぎょっとした。『この中に人間が居る。』と思うと同時に忽ちあの賊の噂を思い出した。さては俺は別荘番の言った向いの山へ這入ったのだなと思ってよく考えると確かにそうである。山はU字形になって居る物だから、あの谷を伝う内にこっちへ這入ってしまったのであった。して見るとこの中には賊共が居るのだ。そう考えると一条の戦慄が全身を襲ったが、しかし僕は随分胆は太い方であり且その場合非常に落着いて来た。一つそっと中の様子を見てやろうと思い立った。この縦坑は四五尺で横坑になって居る。灯はその先からもれるのである。僕はそっと身をしのび入れた。そして横坑へ下りた。身を屈めて灯の方へ這って行くとこの横坑の先は或大きな室の壁と天井との境に開いて居るのを悟った。そっと首を出して室内を見下ろそうとした刹那、何者かの太い手が僕にとびついたかと思うと僕はずるずると室内へひきずり落された。有無を言わせず僕の身体は二人の恐ろしい相貌の男に縛られてしまった。そしてその室の左手の戸を開いて次の室へと突き出された。僕はびっくりした。この室は実に華麗な室で壁は真紅の織物に張られ瓦斯の光晃々として画の様である。中央の椅子に一人の立派な男が坐して居る。男達は僕をその前に引据えた。その時僕は顔を上げてこの男の顔を見上げるとふとその顔に見覚えのある様な気持がした。そしてじっとその顔を打眺めた。未だ三十代の、若い鋭い顔立の如何にも威ある男である。その眉は濃く眼は帝王の様な豪放な表情を有って居る。忽ち僕は思い出した。『そうだ。是は彼だ。是こそ久しく会いたく思って居た彼の野宮光太郎だ。』と。

(五)　不良少年と美少年

此で僕は話をすこし変えなければならない。それは未だ僕が中学の三年時分であった。僕は当時中学によくある様に美少年だと云う評判を専らにして居た。多くの年長者から愛せられたが此野宮光太郎程僕に深い感銘を与えた人物は無かった。彼は当時五年級であった。教師側からは蛇蝎の様に思われて居た不良少年であったが、奇体に生徒間には神の様な権力を振って居た。まったく彼には不可思議なチャームがあった。彼は沈黙家で色青白く常に恐ろしくメランコリックな顔つきをして居た。腕力は恐る可き物があり柔道撃剣ランニングあらゆる運動に長じて居た。彼はよく争闘をしたが非常に遣口が残忍執拗で、彼と喧嘩した者は必ず恐るべき苦患を受けなければならなかった。学校教師さえ彼に向っては何事も命令されない位彼を恐ろしがった。成績は劣等であったが何故か数学のみには異常な才能を持って居り、またそれを好んだ。僕と彼との交際は一年生の時から始まった。彼は僕に恋し僕を自分の家へ始終いざなった。そして毎日彼とばかり遊んだ。彼は両親なく独りぽっちで、或寺院の一室を借りて可成り贅沢に暮して居た。僕には決して悪い事を教えなかったから僕はすこしも彼の悪い感化を受けなかった。しかし僕の家庭では野宮と遊ぶ事を禁じたが、禁じられる程僕は彼に執着し、遂には病的な強い恋情をさえ起す様になった。丁度野宮が五年級の始めあたりから彼は催眠術の研究をしきりに遣り始めた。そして僕は常にその相手をさせられた。常時野宮に依って眠らされる事が異常な快楽であった。眠れる間何んな事をしたかはすこしも覚えないのであるが、野宮が様々な方法を眠らす為に施す時言い知らぬ嬉しさを感じた。そして遂には野宮の一瞥で全然自己意識を失ってしまう位になった。野宮の方でも余程この術に巧になったらしかった。かくて僕が四年級に上った春彼はもう学校を出なければならなくなった。彼は或数学の学校に這入ると言った。その学校は東京にあり我等の中学は九州の田舎にあるのだから、二人の別れる可き日は来た。別れる日彼は真実に涙を眼に浮べて僕の手を握ったので僕も泣いてしまった。その時彼は次の如き事を厳かに言ってきかせた。『俺は俺自身で或恐ろしい運命が未来に横わり、俺はどうしてもその運命の中に生きなければならない事を直覚する。そして君も必ずその運命にたずさわる事であろう。我等の再会は必ずそう云った場合に来るであろう。』と。僕はどう云う意味だかよくわからなかったが、そのまま別れた限り遂に今まで会わなかった。彼が東京へ出て間もなく、ある争闘をして人を斬り行衛不明になったと云う噂と共に彼の消息は絶えてしまった。僕はやがて高等学校に入り東京で生活する様になってからも、彼の事は決して忘れる事が出来なかった。彼の名を思っても涙がにじむ程の思慕が、いつになっても止まなかった。それは大学を出る頃までも続いた。そしてどうかして一目会いたい会いたいと思い度々探して見たがわからなかった。しかし妻を貰ってからは一度も彼の事を思わぬ様になって居た。その彼に、ああ今この怪しい地下室で遇うとは実に夢の様である。

(六)　俺は人殺しの行者

『おお君は元さんではないか。』と彼も叫んだ。そしてすぐ僕の縛しめを解いて呉れた。『随分年をとったね。』と言いながら別の椅子を僕にすすめ、さて席定まって彼と僕とはつくづくと見つめ合った。僕はただ茫然として何の考も出ない。唯彼の相貌が著るしく鋭利に神経的になった事に特に気がついた。そして段々見て居ると彼が如何にも美しくなった事がわかる。僕は嬉しくなった。長い間気に掛け会いたく思って居た彼に、かく相対し得たと云う満足が彼の現在の位置に関する疑問をも僕の心に起させなかった。

『君と此処で会おうとは思わなかった。』と僕は言った。すると彼は静に言った。

『否。俺はこの再会をとうから予想して居た。よく君は来て呉れた。そらいつか俺が君と別れる時言った言葉を覚えて居るか。あの時君が必ず俺の或運命にたずさわる可き事を予言したが果して君は来たね。是は実に必然の事であった。』かく彼が言ってその眼光を僕の心の底深く投げた時、僕ははっと此奇異なる地底の人物が僕と昔容易ならぬ交情のあった人物である事を意識しそれと共に『現在の彼』に対する責任と疑問と警戒の念慮が胸に湧き起った。非常に不安になった。『全体君は現在何の為にこんな所に居るのだ。』と問い掛けると彼は微笑した。そしていきなり椅子を進めて僕の両手を握り占めた。『俺が何故こんな場所に居るか。現在の俺が何であるかを君に明に話そう。俺の事をこの辺り一帯の人間共が「人殺しの行者」と異名して居る。それは真実だ。俺は人を殺したい為に此んな穴の中に潜んで居るのだ。』

僕は青くなった。さてはかの噂に聞いたる大賊の首領と云うのは実は僕の常に慕って居た昔の義兄弟であったのか。僕は昂奮して勝ち誇れるが如き彼の面を見つめた時に突如強い意志が心中に現われた。すでに僕には今最愛の妻がある。今此処に居る美しく強力なるわが友は嘗てはわが世界の占有者であった。しかるに今はわが世界は豊子の物である。野宮はすでに他人である。しかも悪む可き大犯罪人である。僕は断じてこの友に抗しよう。僕が沈黙せるを見て彼は再び怪しく微笑んだ。そして握った手を固く振って言った。『君は今まで一刻も僕の事を忘れた事が無かったろう。僕も一刻も君を忘れ得なかった。そしてかくも再会の日は来た。君と僕とはまた相別れる事なく共に生きて行こうではないか。僕が今切実に君に教える事がある。それは実に地上最高の歓楽だ。それは殺人の歓楽を君に教えようと思うのだ。』僕はぎょっとした。彼の音楽的なる言葉は僕をみるみる内にひきつけようとする。彼はかの不思議なる中学時代の魔力に更に十倍した魔力を以て僕を自分へ引つけようとするのだ。しかし僕は握られたる手を払い退けた。そして彼を睨みつけて叫んだ。『君は何を言うんだ。僕と君との親交はすでに昔の事だ。今は僕に妻がある。僕はその女を熱愛して居る。彼女以外僕の生活には何物もない。犯罪者の弟子には僕は勿論ならないのである。早く僕をこの坑から外へ出して呉れ。君と僕とはもう永久に友人とならないのだ。』

㈦　奇怪なる暗示

彼は依然として微笑した。そして僕をなだめる様に手を振りながら説き始めた。『君はそう言うのか。それは当然だ。すでに君が俺に執着のない以上決して強いてとは言わない。しかし俺は永劫に君に執着して居る。俺は必ず君にまた僕に対する執着を持たして見せる。それで俺は俺の思想を一言君に物語ろう。堅く君に告げよう、およそ君にとって殺人ばかりの快楽は此世界に求められないのだ。君が若し人生の美味なる酒を完全に飲み乾したければ君の手は殺人に走らなければならない。俺の友とならなければならない。俺はすでに二百九十八人の人間を殺した。俺の此殺人の修道は世界の最も秀れた芸術であり最も立派な宗教であることを信ずる。君よわが見たる内最も美麗なる少年なりし君よ。その美しき手を生命と共に奔ばしる人間の鮮血に濡らす気はないか。』『否。否。其様な恐る可き事をもう僕の耳に入れて呉れるな。決して入れて呉れるな。』と耳に手を当て僕は叫んだ。彼はそのまといたる金色の着物の間から一声からからと打笑うた。恰もその様な悪魔が何物かを嘲笑するに似て居た。そしてすっくと立上って静かに僕の顔を打見守った。

僕も怒りに顫えてその面を睨みつけると不思議や忽ち眼前に一切は雲煙と化して、恐ろしい二つの眼が星の如くに光るかと思う間に、全然意識は消え失せてしまった。

ふと耳元に或ささやきを聞いて再び眼を開いて見れば僕はいつの間にか別荘の門前に横わって居る。驚いて起き上ると薄暮の暗中に立てるは彼野宮光太郎であった。起き上ると同時に、厳かな声で次の如く叫んだかと思うと忽然彼の姿は見えずなった。『さらば第五日の夜半にまた会おう。』僕はしばらくあと見送ったがまずまず家へ帰れたと思うと嬉しくなりそのまま中へ駆け込んだ。豊子は帰りの遅いのを心配して居た矢先大変悦んだ。彼女の顔を見て始めて生きかえった様な気持になった。しかし僕は出会したこの怪しい事物に関しては誰にも何事も話さなかった。何だか言っては悪い様に感じたのである。それにしても僕はどうして知らない間にここまで送り返されてしまったのであろう。僕は気が付いた。そうだ。彼は催眠術を使ったのだ。催眠術——此言葉は僕を非常に不安ならしめた。若しかすると僕は何かの暗示を受けてしまったかも知れないぞ。彼はいつか睡眠中の暗示が覚醒後尚有効なる事を語った。その後多年必ず彼は多くの方術を体得したに相違ない。彼はしかも『第五日の夜にまた会おう。』と言った。僕は俄に恐ろしくなった。その夜豊子にもう帰ろうと提議したが豊子は大に笑って僕の臆病をくさした。豊子だって僕が山中で会った事を話せば必ず帰京に同意したろう。けれども僕はどうしてもその事を人に言い得ないのであった。一種不思議な力がわが唇を止めたので。

(八)　眼が血走って来た

その翌日から僕は何となく変調を呈して来た。何となくぼんやりし直ぐ眠たくなる。その癖発陽性が著しくなり、見る物聞く物皆面白い。嬉しくて手先が独りで躍り出す。頗る突飛な幻想が絶えまなく頭を襲う、僕は我知らず大声で唄ったり別荘の周囲を子供の様に馳け廻ったりした。豊子もすこし驚いたが彼女が元来活潑な性質なのでかえって悦こんだ。僕はまた豊子に対する愛着が激しくなり毎日々々彼女と共に別荘近くを散歩しては花を摘んだり小鳥を撃ったりした。家へ帰ると一所に酒壜を傾けて飲んだ。ここは高地であるから夏とは言いながら春の様な気候である。僕はこの快さが無暗に好きになった。そして目前にある危険がせまりそうなのをよく悟りながらこの山中を去ろうとしないのであった。ここに一つの不思議なことがあった。それはそれからと云う物僕が殆んど毎夜同じ夢を見る事である。その夢と云うのは斯うである。僕は一人或山頂に立って居る、右と左とに大きな谷がある。右の谷底には実に美麗な都会がぴかぴか輝いて居る。然るに左の谷底は大きな湖水になって居る。よく見るとそれは血の湖水だ。また空を仰げば真紅の星が一箇魔女の眸ざしの如く明かに澄み輝いて居るのである。自分は唯ぼんやり腕組してたたずんで居る。是だけの事である。その夢を毎夜きっと見るのである。しかしいつもの自分ならそれを変だと感じもしようが妙ちきりんな状態にある僕はそんな事は格別気にも掛けないで矢張りのらりくらりと絶えず落着かず、少し本を読んだかと思うとすぐ煙草を眩いする程吹かす、画を描くかと思うと鉄亜鈴をいじる、その内に眠る、すぐ醒める、殆んど狂噪の状態であった。かかる状態にあると云う事は自分によくわかって居るのである。しかもそれを好んで遣る様な二重の精神状態になって居るのであった。

こんな有様で四日は過ぎた。五日目の朝になると僕は激しく四日前山中で会った事物を思い出した。そして何とも言い難い恐怖に打たれた。『この山荘に居ては必ず何か危険があるのだ。第五の夜半にはつまり今夜にはまたお前は野宮と顔を合わせなければならぬのだ。だから早く今日の内に山を下りてしまえ。一刻も早く早く。』と内心の声が僕を叱咤する、その癖僕は相不変のらくらとその日を送ってしまった。その日妻は殊の外打沈んで居たがじっと自分の顔を見つめては、『貴方どうかなさりはしなくって。眼が妙に血走っててよ。』と云うのである。豊子は余り僕の調子が異常なのですこし心配し始めたのである。

『何あに、何でもないのさ。唯僕は愉快なんだ。べらぼうに。俺が愉快な時にはお前も愉快にしなければ不可ない。』と変に踊りながら庭園を歩いた。然るにその日の午後四時頃になると僕は自分の脊髄が妙に麻痺するのを感じた。そして眠たくなった。強いて眼を開けて居ようと思うがどうしても開いて居られない。遂に寝室へ這入って寝台の上に打倒れたまま昏々と眠ってしまった。やがてふと夢から覚めた、見廻すとすでにすっかり夜となり横の小卓の上にはランプが点って居る。懐中時計を見るともう十一時である。隣の寝台の上には豊子が静な寝息を通わせて眠って居る。僕ははね起きてしばらくじっと頭を押えて居ると今夜の僕の心は非常に澄み切れる事を感じた。何だか今から庭園を散歩したくなった。

そこで横に眠れる豊子をゆり起した。『何あに。』と純白の寝衣姿なる豊子は起き上った。『今から庭をすこし歩いて見よう。』すると是まで決して僕に逆らった事のなかった彼女が今夜はどうした物か『妾今夜は止します』と言ってまた横になる。僕は大変腹立たしくなった。そして『じゃ勝手にしろ。』と言い棄てて独りで出掛けようとすると豊子も矢張り起上って『ほんとに変な方ね。』と言いながら尾いて来た。

(九)　青鞘の短刀で一刺

我々の家の庭前は崖の上にあって面積が随分大きい。そして起伏限りなく夜などは懐中電燈でもなければ危険である。僕は豊子に言いつけて懐中電燈を洋服のポケットからとりに遣った。彼女は走って行ったが、やがて手に電燈と、もう一つ変な物とを持って帰って来た。それは青い皮の鞘にはまった一振の短刀である。

『貴方これどうなさったの。洋服のポケットから出てよ。』僕はびっくりした。『俺も知らないよ。一寸見せろ。』調べて見ると、是は刺すのに使う西洋式の実に鋭利な短刀である。変な事もある物だ。あの洋服ももう四五日着ないのだが、ひょっとするとあの山中の洞穴の中で入れられたのかも知れない。恐ろしい気持でそれを懐中し二人は庭に出た。今夜の天はすこし曇って真の暗黒である。かなたを見ると山の影がおぼろに黒く空に立って山中の深夜の威圧は限りなく身にせまった。二人は無言で歩き廻った。やがて庭園の最端谷を直下に見下ろす場所に来た時谷を見下ろして居た僕はふと一つの真紅の燈火が向いの山の中腹の辺に点って居るのを見つけた。よくよく見るとその燈火がしきりに右に動き左に動く。ここから山までの距離に依って考えて見るとそれは確に大きな提灯を人が振るのである。眺めて居る内に僕の連想はいつしかかの怪しき星の夢に来た。あの星だ。そうだ。あの赤い星にそっくりだ。尚じっと見て居るとその燈は輪状に或は上下に打振られる。その燈は何かの信号を伝えて居るのだ。僕の心は怪しくも打慄えた。段々見て居る内に僕は妙な気持になって来た。忽ちはっとなった。見よあの燈は明かに豊子を殺せと叫んで居る。『豊子。豊子。お前にはあの燈が見えるか。』と豊子に言うと豊子は僕によりそって暗をすかし見た。その刹那僕の懐中した手がさっと空を指したと思うや否や水の様な悲鳴が僕の喉の下で起った。

吾に帰れば驚ろくべきかな僕は最愛の妻豊子をかの青鞘の短刀で一撃の下に殺害した後であった。短刀は見事に豊子の心臓を刺し貫いたので、僕の手は真赤な熱い血に濡れた。夜目にも白いその顔を上に向けてがっくりと地に横たわって居る。僕は茫然としてしまった。懐中電燈を拾い上げてつくづくと豊子の顔を照らし見た時涙は眼中に満ちて来た。何故俺は豊子を殺したのであろう。遂に殺人者になってしまったかと云う事の外何を考える余地もなかった。力なく立上って山の方を見つめるとかの怪しき信号の燈はもう消えて居た。ぽんと背中を打つ者がある。驚ろいて振りかえると、そこには黒装束をした者が龕燈を提げて立って居た。『誰だ。』と僕が顫う声で叫んだ時人物は燈を高く差上げて自己の顔を照らして見せた。野宮光太郎の鋭い相貌が真青な光を帯びてそこに笑って居た。

(十)　殺人行者の仲間入り

僕はその夜の内にかの山中の洞穴へ連れて行かれた。今から考えて見ると僕の真の意識はかの野宮に始めて会い人事不省に落ちた時以来野宮の恐る可き催眠術の為に何処かへ隠れてしまって居たのであった。実に浅ましい事には僕は妻を殺害した事に就て或感動は受けたが、何の悔恨の情も起らなかった。

『さあもう俺は君を君の妻君の手から奪いとったのだ。是から君はこの洞穴に住まわなければならないのだ。』野宮が言った時僕はもう此うなれば仕方がない。俺は野宮の云う通りになろうと決心してしまった。そして野宮に是から永久に離れまいと答えると彼は満足げに微笑した。そして二人は酒を飲み再び兄弟の約束を誓った。野宮はすっかり彼が首領たる賊団の秘密を語った。それに依ると彼には十人の秀でた手下がありその下には尚無数の手下がある。それ等は此洞穴と同じ様な隠れ場所が七つこの一帯の山脈中のかなたこなたにあるがそれに住んで居るのである。彼等はすべて青鞘の短刀を持って居る。是は仲間だと云う印にもなるのである。彼等ははるか遠方の町々にまで下りて行って殺人強奪を事として居る、彼等の殺人は強奪の為の手段ではなくして殺人の為の殺人である。是が野宮の恐るべき手段なのである。ああ僕も実にその夜からこの宗教の信者となり終った。翌日手下の一人はかの別荘の偵察をしたが別荘では豊子が矢張り野宮一団の手に殺害され僕もそれと同時に何処かへ連れ去られたか殺されたかにして居る。女中は泣く泣く豊子の死体と共に今朝山を下り麓の警察では大騒ぎをして居ると云う事をしらせた。それを聞いて僕は当時殆んど平然として居りむしろ鼻で笑って居た。何と云う浅ましい事であったろう。

それから以後僕が如何なる所業をして居たかは好奇なる我画家よ、どうか僕を許して呉れ。僕は一々回想する苦痛に耐えないのである。

風の如く飛び去ってしまう事が出来た。

かくして僕は以後五箇月山中にかかる残忍至らざるなき生活をした。その間で僕は二十三人の男女を手ずから殺害したのである。実に僕は不思議に殺人に対する才能をこの山に入りこの行者と共に生活する内に得てしまったのであった。かくて僕も遂に『殺人行者』となりすました。そして僕の一生はこの残忍なる快楽生活の内に盲目となろうとした。

ああしかし天は僕を救った。今の此苦痛の海中を潜るが如き生活にしろ兎に角尋常の生活に僕を復して呉れた天に僕は感謝する。五箇月目の或雪の日僕は独り今は全然廃荘となって鼠一つ住まぬかの山荘へ来た。そして妻を殺した場所に独り佇んだ。その時俄に発した全身痙攣の為に地上にひっくりかえった僕は、そこの大きな岩で酷く頭を打って一時気絶してしまった。ふと眼が覚め痛む身体を押えつつ立上った。

(十) 狂人か将《はた》酔漢か

僕はほっと息をしつつあたりを見まわした。其時僕は始めて覚めた。一切から覚醒した。野宮の恐る可き魔術の暗示は今頭を岩で酷く打った拍子にその効果を失ったのであった。僕は静に過去の悪行を考えた。第一に豊子の事を思い、涙はさめざめと凍れる我頬の上を伝った。『許して呉れ。豊子。』と僕は叫んだ。二度も三度も大声で叫んだ。俺はわが妻を殺したのだ。何十人と云う罪なき生命をうばったのだ。たといそれが野宮の暗示に依って行われたとは云え現在この自分の手からそれ等の人々の黒血はわが良心に向って絶えざる叫びを上げるのである。僕は無自覚なりし以上五箇月の所業を自己意識を得て後悉く明かに回想し得るのである。是れ程残酷な事がまた世にあろうか。

僕はそのまま痛む身体を以て麓まで下りた。けれど警察では僕の言を信じなかった。僕は東京へ送り帰された。僕は極力自己の罪ある事を述べ立てたが誰も信ずる者はなかった。僕の所業一切は彼野宮光太郎の所業として扱われた。そして警察は僕が妻の死を悲しんだ余り精神錯乱せる者と見做してしまった。僕は遂に狂人にされてしまった。

以上がこの酔漢の物語りであった。自分は聞き終った時世の運命の残酷なる斯の如きものあるかと思って慄然たらざるを得なかった。翌朝目覚めたる彼は自分の留めるのもきかず無言のままで出て行った。自分はあとを追って外へ出て見るともう彼の姿は見えなかった。自分の心は何となく暗くなったのである。それから二日目の朝の新聞紙に彼の失踪広告が出て居た。自分はすぐ彼が自分の画室に宿った事を知らせて遣った。然るにその手紙も未だ着かざる可きその日の夕刊にて自分は彼哀れむ可き考古学者戸田元吉が佐竹廃園の丘上に他殺されその死体が発見された事を知った。そして思わず自分の眼に手をやった。数行の記述は次の如くであった。『長さ約八寸青き柄の鋭利なる短刀心臓を見事に貫き其ままに残しあり。』ああかの恐る可き『殺人行者』の一味は未だ暗に活躍しつつあるのである。

日記

大正二年――八年

大正二年

十二月十二日　水　晴天

今日物理の時プリズムにて光の屈折の実験あり、プリズムを透す日光の美しさ、紫、黄、赤、実に鮮なりき、無色にして色彩ある日光を神の様に感じき。

プリズムは実に稲生の君にふさわしき名なり。午前中にして帰る、午後脚本を作らんとし成らずして止む。

スピリット小量を呑む。

プリズム三箇にて二十円なりと云う、大きくなったら買わんと思いぬ。

夜月光の美しさに心浮き夢の如く青き夜をはるかに神楽岡のほとりに出ず、稲のかられて積まれたる田ほのかに赤く遠く笛の音きこえぬ、かの君の館の前にて一友に「村山」と呼ばれて胸わななきぬ。

かの君の笑み給う声、館の中に燈と共に溢れたりき。

十一月十三日　木　曇天

今日新ぼんの小さき画姿を持ちて浮かれさわぎたり。学校の放課の時稲生の君のしとやかなる姿を見たり、その歩み去り給いし時悲しみ溢れぬ。

今日は図画展覧会終る日なり、わが心はこの度の展覧を思う毎に恥ず、思いしより他人は下劣なるかな。わが「王子」は図画屋の手に帰せしめぬ、千曲川の風景は校長の依頼にて学校に寄せつ、

（中略）

夜夕ぐれの幽かさに心ひかれて下加茂の森に迷い入り山本の処に雑談し九時半頃ようやく帰る、月光の美しさに野はさながら劇場内部殺し場の薄明りめきたりき、かえりて借りたるマクベスに耽りぬ。

きませきませ、虚空に来ませ、

へステへカテ、虚空に来ませ、

十二時半寝る。

十一月十六日　日　晴天

「鉄の童子」を書きつづく、(鉄の童子は第三章よりなり。一章優に原稿紙百頁ばかりなり。劇詩なり。

夕暮までに「恐れの丘」の三分の二まで書く。

今日は実に好い日和なりき。

母上の御姿美しくなりて心楽しくなりぬ。この御姿のいつまでもかくてあらん事こそ願わしけれ、われもつとめて美しくならん事を心掛けん。

十一月十九日　水

今日われ戯れに「世をこめて稲生の君を思ふ時涙は雨とふりにけるかな」ちょう歌をつくりしに横地そを君に渡せし由にて、放課後野球仕合を見物し君に会いたるに君真赤になり給いて気の毒なりき。

夜、横地来訪、談じて後九時半頃より散歩に行き玻璃室殿より尾形の前に出で横地小便をし、それより堤に出でしに東の空明るみて月出でんずる気配なりしかば吉田山へ行かんと言い共に神楽岡に上る、一面の燈の都折りしも出でし月、一として美しからぬはなし、宗忠神社の上にてしばらく休みあの好きな風景に酔いたり、それより稲生の君の館を坂の上より望み見て感に打たれたり。
もはや十二時近く静なる事海の如き空に星輝やき月出でわが思いは実に凝って宝石となりたり。鐘鳴る時をしばらくたたずみて君が館の底の池を見つめ月光曲をも思いぬ、ああ実に恋し。

十一月二十日

今日も又歌八首稲生の君に上げつ。
紫の香炉のけぶの凝りて成りし美しき君を思ひそめけり
君はそをすぐポケットに修めたまいし由有難さに涙こぼれぬ。
今日の物理は幻燈なりき。

大正三年

三月二十二日

朝起きて成績見に行ったら途中で平川に逢いもう破っちゃって分らないと云う事なので一所にかえってきた、
木版一つ作り山本のところへ持って行く途中彼に会い渡してかえった、
昼から「酒呑童子」序詞つくったが気に入らなかった、
例に依り、加茂川や何かをぶらついた、
夜成績来た、俺はケツから三十番位だった、
一向うれしい気持もしない、
何だか今日は一日厭な気持だった、俺は死にたくて耐らない、
だがいい天気でワインを大分呑んだ。

三月二十七日

今日画板出来た、馬鹿に重いのだ、それを持って八坂の塔を描きに行ったが興も来ず、雨もよおして来たので帰って来た、
また俺の頭が卑賤になって来た様だ、来月からは純へレニックな活きた生活を送ろう、
俺の「サライノの首」はトバノ四月に載せられると今日山本が云った、あれをつかって一つ上田先生に接近したいと思う、けれどもずい分はずかしい文章だ、版画は五月に出るそうだ。

三月二十九日の読書

ヘロドトス（埃及の部）
プラトーン第二巻　理想園第三章
西洋哲学史、古代哲学のはじめすこし、
アールデーデコラション　二冊
クンスト　二冊

スバル（ヘルゲランドの海豪）二幕まで

及び少年（戯曲）

考古会雑誌中奈良朝彫刻についての文、

「日本考古学」一見、

ベルグソンの万物流転の説はすでに古代ギリシャに始まってるのだ、

プラトーンぜひ読んでしまってやろうと決心す、

（二行不明）

俺はダイオニソスの様な生活がやりたくなった、俺はどうもピルロンの方に傾く哲学者は愉快だ。

三月――日

木村鷹太郎のアナクレオン読む、

またモオパッサンの「女の一生」のコルシカの条及婚夜の処をよむ、ずい分ひどい事が書いてある。「未来」と云う雑誌は実につまらない雑誌だ、しかしランボウの「酔いどれの船」及び「ベルハーレン」の事は中々面白かった、

ランボウにはポーの影響があると思った、

岩野著「半獣主義」一寸よんだ、
あんな事はもう俺にはとっくに解って居る事だと思う、三馬、一九、人情本よむ、卑しい本だ。

五月二十二日　晴天　寒

朝自転車とりに下まで行った。再び上田へ牛肉買いに行った。

あの百花堂と云う文具屋の子は中々美少年だ。それに愛嬌がある。俺をもう、よく知ってなついてやがる（?）。

かえってから昼飯、桂次からハガキ来た。

午後散歩、円山の上でそぞろに飛行機に乗りたくなれり。

いい気持だろうな。今日は太陽が、実にいい機嫌だ。万物が輝いている。浅間の噴煙がほのかに風に散る快よさ。

かえれば二時だ。お茶の時山梅（?）を食べていたら山本の元気な手紙が来た。あいつは一寸話せる。手紙を書いた。

森田にハガキを出した。

夕方庭で苗をうえたりなんぞした。

眼はよっ程大事にしよう。要するに身体全体、神経全体を健康にすれば従って眼もよくなると思う。

しかしこの十日ばかりで非常に眼が過敏になった。従って充血している。早く充血をとりたいものだ。

五月二十三日　晴天　寒

すこし寒い日だ。すこし曇って居る、早雲と山本からハガキが来た。

円山の上に上り、下へ二度下りて午後となった。

午後手袋とカラーを買いに上田に行く、少し眼が不良だった。

網膜ハク離でなければいいがな。

余り眼を強いて見ないように。余り文字を読み書きしないように。光線に注意するようにしよう。

夕方小山氏と横地とから来信あり夜横地と八木とにハガキを二枚かいた。

かすむので悲観した。

明日から眼の摂生の厳守だ。

五月二十四日

朝、ツェッペリン飛行船の夢を見た。
又京都のうちに大きな花園が出来た夢を見た。
眼はやはり不良だ。頭をかる。
眼鏡の悪いのが一つの原因かも知れないな。早く換えよう。
十時十分の汽車で小諸へ行く、幸い小山君は一所の汽車だった。
彼の画室で二時半まで話して昼飯をごちそうになった。
彼の絵は、まったくＩＧ氏の弟子だ。近く岸田劉生にかぶれたと云う処がある。
中々わかった奴だ。自画像はあまり感服しなかった。
あいつは俺が岸田に似ていると言った。
ゴッホの絵の写真や、未来派の絵を見た。ゴッホはやはりいいと思う。
午後三時六分の汽車でかえって来た。
(浅間山の話を大分した、もしめくらになったら浅間行きだ)
眼はしかしもうなおるだろうと思って居る。
近眼を注意して居ればいいと思う、喉がすこし痛い、歯痛はとれた。夕暮、浅間のけむりがひどくたなびいて居た。

浅間へとび込みたくなる。

薄紅き夕べよわれはたゞひとりこの山国の中にたたずむ

雲の如く浅間の煙りたなびくを夕日の照らす悲しさつらさ

火の燃ゆる浅間の山の灰と消ゆるその日未来にありとしらずや

夜は気分が大によかった。

気分をよくすれば自然いいと思う。

五月二十五日

朝　散歩

円山の下の桑畑の中から女あり叫んで曰く

「奥さまによろしく」それはよめだった。

朝日の中を歩きつつヴァン・ゴッホの事を考えた。

ゴッホは二十八で死んだ。

俺はいくつで死ぬ事やら。

ひょっとするともう一箇月のうちにこの世に居なくなるかも知れない。

チヨコレート口にふくみて
美しき五月の末
薄青き空に見入れば
悦び身に満つ
紫の酒の
玻璃杯に満つるが如く

草の葉に五色の露のやどれりと
見入ればさびし五月の朝あけ

太陽浴の効果を発見した、これから毎日太陽を浴びてやろう。

京都は一体何ぐずぐずしてるんだろう、手紙も来やしない。心配だ、早く何とか言って来ればいいのに。

天は青地はくれなゐの街のどかにあらむ眠れりあなや美し
糖菓嚙むまひるの青さ連山の色のうすさよそのさびしさよ

午後千曲川原へ散歩す、いい気持ちで山色が美しかった。

のどが痛い、すこし風邪だな、俺は神経が鈍いから病気になっても容易にそれとわからぬ。

森田から来信、この一月で俺はずい分交際家になったものだ。

朝日新聞の記事はずい分有名になったものらしい。以後一月に一ぺんはきっと出す事にしよう。

少し社会的にならなければいかん。

俺の眼は結膜充血に過ぎないのだ。だから運動をやりさえすればいいのだ。

あすから快活に健康に暮らそう。

切に健康な子供らしい日を待ち望む。いいじゃないか。

いよいよいけなくなれば浅間へつっぱしるばかりさ。

夜本を見るのにすこしぼんやりした。しかし気分は非常によかった。

二十三日の夜よりはすこしよかった。

一日の摂生でずい分違うと思う。

今日は可也平調に暮した積だ。

身体の為めだから明日から自ら医者になって厳密な眼の日記をつけてやろう。

すこしでも経過の明確な方が療法にもいい訳だから。

二十六日　晴天

朝少しはよし。

早雲から実に面白い手紙が来た。京都のうちからおばさんへ手紙が来た。形勢が段々悲惨になる様な気がする。いよいよ浅間かな。

朝飯後やはり円山の下を行来した。

うちでもお母さんの眼がよくないそうだ、そしてこの二三日いいそうだ。丁度俺のと似かよっている。

この様に親子の間に律があるとすると恐ろしい事だ、家で誰か死にでもすればきっと自分は暗示されるに相違ない。

裏の山へ行って太陽浴をやる。あれはまったくいい様だ。今日はあたたかだ。

今日薬局ではかって見たら十一日に僕の呑んだメチールアルコールは七八瓦位に過ぎないのだ。

『京都絵画の特徴』と云う論文を書いた。

山本から手紙が来た、夜山本、早雲へ手紙を書いた。

夜は眼が可也安易だった。九時すぎ寝た。

二十七日　晴天

朝自転車とりに下まで行った。

小杉さんから手紙来り僕にも手紙が這入って居た。

それで僕の素画を六枚見本に送る事とした。そんなに悪かないと思う、僕の技量は。

それからレターペーパーを買いに上田へ行き十時かえった。

赤いけしが咲いていた。

眼は非常に良好であった、もう大丈夫だ。

これからよく養生しよう。

眼鏡はかえた方がいいと思う、十七度のにしてやろう。

小杉さんへ手紙を書いた。

何しろこれからは愉快だ。

とんとん拍子に行きそうだ。

美しい幸福の神にみ入られて居る俺のおもしろさよ。これから一年の間にきっと東京の宝玉になって見せよう。

節制は永劫に続かせよう、万楽は節制から来る。文章はつくるまい。絵に専念しよう。

昼飯後太陽浴。
青麦の中に伏してねる楽しさよ。桑の実は未だ青い。
山本と早雲へは六銭おしいから手紙出すのはやめだ。
微風にうちの坂の処で吹かるる心地よさよ。
夕方水かける時やはり、すこし視力が弱い。
ずい分眼をつかったからだろう。
俺はペン画に自信がついた。
ペン画で喰う事になれば幸福だと思う。
夜水蜜桃にはめる袋を百ばかりおばさんと張った。

二十八日　晴天

これからすこし肥りましょう。
神経質でいらいらして居るのはつまらない。
朝飯後散歩した。
長二の写生をやった
可也りに出来た。大きなのを一つ書こうかな。

おじさんの手術衣姿は一寸画的だ、いつか描こう。

小杉さんから早く返書が来ればいいと思う。

先生の趣味がいかに僕の絵画を感じて呉れるか一寸問題だ。

眼の充血は引いた。

のどの痛みがこれでとれればもう完成円満ロダンの春だ。

美しきは健康なるかな。

午後円山の上にて、太陽に浴す、あれは充血が来てあまりよくない。

近日ニイキと云う上田の眼ドクに見て貰う事とした。

恐ろしい宣告を受けなければいいが夕暮やはりぼっとする。

桃の木に袋をかぶせた。

夜おじさんは宴会で留守、眼は非常に明快あすから新生に入る積りだ。

五月二十九日　曇、雨

昨夜は十一時時分におじさんを迎えにステイションへ行ったが、おじさんはかえらないのでかえって寝たがすこししか眠れない。

散歩、居眠りなどして昼飯となった。

まだ眠い。そこで、四時までぐっすり寝てしまった。

雨しきりに降る。

今日のわが気分は英国の絵画の中の貴婦人の絹の衣にかざられていた。

インクを買って来た。

雨の街を歩きながら中学二年時分津の街を歩いてた雨の日の事を思い出してばかに悲しかった。過去は実にあわれっぽいものだ。つまり、過去をあわれっぽく感ずるのは現在があわれっぽいしるしだ。

現在を充実せしめなければならない。

夜九時すこしすぎ寝た。

余りに夜中よく寝られなかった。

五月三十日　雨

今日も雨降りだ。
朝飯後新聞をそろえた。
Like the Rain upon the town でなくて、Like the Rain upon the Rain, だ
わがひざの猫の喉笛鳴りしきる朝にひとり都をしぞ思ふ

1914　17. VI　Amefuri

Asamae wa nan ni mo suru koto nai.

Amefuri wa sabisii. Tuku zuku iya ni natta, kono yamaguni no seikatu ga. Kie te simaitaku naru. Shaba no urusasa.

Hirukara mo nani mo sinai.

Iugata uti e tegami o dashita.

Yoru shôsetu o tukuri kakete yameta.

Asitakara kaikatu ni dôkete kurasô.

18. VI　Amefuri

Asa omosiroi yumekara me ga sameta. Nandemo ôkina garan no mae de bôzuga Russian palet o yaru tokoro datta. Kasahara to issho ni sore o miteita. Atama o sutte bôzu ni natta mudai sanpatsu de itakutte tamaranakatta. Hiru made nan ni mo shinakatta, tenki ni nattara nan nimo suruno wa iyada, hayaku yukitai. Kiyô wa 1 ji ni gohan o tabeta.

utsukushii chikarazuyoi seimei o ore wa eteiru. kôfuku narukana. Yoru hotarugari ni itta.

19. VI

Asa ue no hon o sukkari shita e oroshita. Soshite boku no heya o tonari ni utushita. Kamikuzu-bako no naka kara obasan ni rei no “kakioki” o mitsukerareta. Sketch ni itte zitsuni ii bamen o sûshu mita. Hiru kara kawarinashi yoru hotaru tori ni itte omoshiro katta. Iku chan no makenuki ni wa sucoshi fuyukaida. Ojisan no shiken no hanashi o kiita. Banana o tabeta. Ore wa itsuka shinbun ni tôshiyo shita “Kichigaiuta” ga de ya shinai ka to omotte jitsu ni shimpai da. Soreni are ga burei ni ataruka arui wa nan de mo ga sukoshi kangae rarenai. Ojisan ni totte fuyukai ni naru koto dake wa akiraka de naika tonikaku denai yô ni shitai monoda.

20. VI

Sakuya wa ONONIE no tameni yukai na yume o mita. Sorewa “Otake kôkichi” to ore to ga renai ni ochi te tomo ni Biwako e asobini itta yume datta. Sukoburu shitsukoi no ni odoroita. Ononie wa mô yumeda. Asamae nannimo senu. Chikagoro daibu niku no iroga yokunatta. Yamamoto kara tegami ga kita. Nandaka Yamamoto to wa shiran hito no yô na kimochiga suru. Aitsu wa 22 to kaite atta. Mô otona nandana. Sore ni sure ba ore wa mada kodomo da. Sukoshi kokoro zuyoi. Kesa uma ni kamarekaketa. Bikkurisita. Hirukara kawari nashi. Yu gure Otechan to yuu msueume harmonica o kiita. Iku to iu yatsu wa daikiraida. Iya na seishitsu ni natta monda. Keiji o anna fû ni sase taku nai. Tôkyô e ittara zehi "Jhon christof" o yomitai ima no tokoro Ueno tosho kan ga jitsuni tanoshimida. Ore wa chiyakujitsuni dokusho shiyô chôhei ma de wa shûyô zidai da. Yoru hitori de hotarugari ni itte 27 hiki totta.

21. VI Sunday

Asa Moritani to Okâsan to tegami ga kita. Ore no "e" ga Sasakini narabu sôda. Takahashi to Morita ni hagaki dashita. Ore wa uchiga ammari ore no shôrai o kizu tsukeru made ni komarana kereba ii to omotteiru. Sono uchi dô ka naru da rô. Ore wa chichi no yarikuchi ga hagayukute tamaranai mada oiboreru toshi de wa nai hazuda. Kodomo kara doshi doshi atarashii shisô o chûnû suru ni kagiru. Ore wa shikashi moto kara uchi to wa bunri shita seikatsu o yatte kita noda. Ore wa zettai ni "Kozin" da. Kozin to shite iki nakute nan no seimei ga arô. Uchi no bimbô mo ore ni wa itsu mo engeki o miruto onaji kokoro mochi ni mirareru. Ore no "hansetsu" kara mata nanika no kyômi ga hatten suru to ii to omou. Tabun sô naru darô. Sakuya wa Inô ni yarô to shite tegami o tô bakari kaita ga dasuno wa iya da. Shikashi tow tow gogo Inô ni tegami o yatta. Miren na yô daga ore wa aitsu ga dôshitemo wasure rarenainoda. Henji kurereba iinoni a a haya ku Tokyo e yukitai nanika shigeki ga nakereba yarikiren.

Sekai no henko. Fuyukai de tamara nai nandaka hayaku Tôkyô e tobidashi te miyôka.

22. VI 1914

Kesa Kosugi san kara tegami ga kita. Iyo-iyo omachi kane no Tôkyô ni aeru, ureshiina, sugu henji o dashi ta. Keiji kara mo kita nandaka wakaran koto ga kaite atta. Obasan tachi to sakuranbo o totta. Yamamoto to uchi to Otô san to e tegami o kaite dashita. Kaeri kawara de taiyaki o tabeta. Ore wa 25 nichi ni tatsukoto ni shita. Tôkyô no inshô wa chotto yosô dekinai. Yukai na kotodake wa wakaru. Futsû no kôfuku de nai koto o inotta. Kosugi san wa jitu ni yukaina hito rashii. Kakaru patoron o eta no wa waga shôgai no kôfuku de aru. Kono kôfuku o zutto tsuzuke tai. Nani mo kobiru hitsuyô wa nai ga Kosugi san no geijitsu ni wa keii o hiyo sô to omou. Yoru Ojisan obasan to nagai aida ohanashi shita. sukoshi netsukare nai de 11 ji no tokei o kiita.

23. VI 1914

Mô Shinano no seikatsu mo kyô to ashita to natta. Nantonaku hiai ga waku. Omoe ba utukushii 50 nichi ga sugisatta no de igo no seikatsu o omouto soraosoroshii yôna ureshii yôna hen na kibunda. Hiru made nan nimo nashi. Hirukara neko o idimetari sampo ni ittari shite sugoshita.

大正四年

一月十二日

一九一五年は実にオレにとって楽しみだ。
この年こそは真にオレと云う物の存在が有意味になり得る時だ、
オレはこの年に立派な芸術を創造するかどうか知らぬ
がとにかくオレを更に統一的にしなければならない、
オレはゴヤであらねばならぬ――
ピカソであらねばならぬ――
スパニエールの血と心とよ！
この日本国を真の意義に、古事記に依って解釈するのがオレの天から授かった役目だ、
肥れる血液の豊なる人種としての日本人の芸術は決して歌麿にもホクサイにもなかった、ただよくオレのみに、

五月十四日

俺の此頃の実体がワットーの描いた技巧に似て居る、ロココの繊美を含有して居る、不可けない事だ。強く濃厚に輝やけ。今日図書館でポーの小説を読みまた多くの写真を見たチシアンは実に美しいフロラの顔やジュピターと或女神の図は俺を恍惚たらしめたルーバンより遥かに好きだ。

実物が実に見たい、イタリアの芸術にどうしても最大の歓喜を覚える、フラマンの怪様な神経質をむしろ嫌う、エスパニアの放縦はゴヤに於て最も好ましい、フランスを成可く避けたい、とにかく俺は悦楽だ、悦楽の世界の中に進んで行くのだ。馬鹿者共の糞真面目をウルトラの天空から笑うのだ

今日は美しい晴れた日であった。午後小杉氏のモデルを遣り後クラブで運動する、狂犬が出たとおどされてびっくりすると銀の雨が眼にふった

テニス球なげフットボール

夜床屋へ行ったら顔をそる時男が「お白粉をつけてますね」と云った、どう云う訳かしら、とにかく変な気がした。

五月十五日

午前馬越と図書館へ行き多くの美しい西洋名画の写真を見た、午後クラブで美術学校とのマッチがあった、一人のアドニースを見つける、中々ラブリーな奴だ、中途から大和田、ささ木、来り共に浅草に行く
玉乗りを見る、針金渡りの美麗な曲線の変動は肉感的かつ芸術味の溢れた物だ、今日のは色どりが皆よかった、それからヨシワラ大区を歩く、酔っぱらって大和田とかえる（一時頃）

五月十六日

朝おばさんに五円借りた、そして大和田と一緒に五反田まで乗り大和田の住家に至る、あの辺の風景の輝やきの新らしさは俺の落ちた芸術心を限りなく興奮さした、大和田の芸術はとにかく精気に満ちた物だ
彼を俺は熱愛する、柳瀬が美しくなった、しかし俺はもすこしぴしぴしした処を要求する

大和田と某別荘前に写生す、彼はマチスの景色を仕上げ、俺は失敗だ、俺の絵の愚さを痛切に感じてさびしくなった、大和田のお母さんはいい人だ
危険且病的な戯れの夜を柳瀬と共に寝る、大暴風が夜中吹く。

五月十七日

朝十時頃起きる、しばらく柳瀬と遊んだ後四時五反田から乗車、かえる、クラブにてテニス
電車中で俺はずい分興奮した。軍人が乗った。
俺は軍人と遊びたい、何と云う健康だろう
今日の空の美しさチチアンを戦慄させるだろう。

五月十八日

朝笠原の家に行く、大分青い顔をして居た、すこし熱がある気持だ
昼から「坊ちゃん」をよむ、あれをよんでも切に感じるのは『俺の下落』だ俺は常に自分の下落を感じて居るそれは嘗てある貴き物を有って居また持ち得べき性あるしるしに相

違ない

いまにきっとその性をはっきりと表わさせて見せる「ほんとの槐多は」必ず近く表われるであろう、それからこそ俺の生活が始まるであろう、真の現実が所有されて来るだろう、その時はもう今日明日だ、ぐんぐんと独り行こう

光輝ある天才の道を創始しよう

自ら自己を軽蔑した汝よ汝は恥じよ

汝はまず汝を天才だと確信しろ

汝の芸術は少彦名尊の酒だ温泉だ医薬だ

多くの愚人共に快楽を供給してやれ

夕方テニス、今日は暑い日だった、汗ばんで居た。

五月十九日

朝研究所。じじいモデルにして貧弱を極めて居る、がっかりした。Mの絵はルイニの模写だ

五十号を持ってかえる

午後宮坂宅にて遊ぶ、コンテで自画像を描いた、あまり似ないが「面」の要求が真実に

来た様に思う
「面」に俺は進もう、「無遠慮」よこれが俺の大きな恋の的だ。下らない猪子才な芸術にこの恋人が勝つ時がきっと来る
とにかく俺は強い高い人生を送りたいのだ
後から見ても前から見ても恥ずるなき人生が送りたいのだ。そして現在は俺はこの要求に一つもかなって居ないではないか。

五月二十日

愚人共よ。俺を馬鹿にして置け
俺が神であることを彼等は知らぬのだ
「神の虐待」なんと云う罪が行われる世であろう、この末法の世の天空を今朝飛行船がうなって飛んで過ぎた
おれは何だか起きるのが厭で床中にあってポーのルーモルグを訳す、よいかげんな訳だ、此は画を描く材料の金にするのだ、世よ末法の世よ
神の復仇の恐ろしさを知るがいい、それは必ず汝等の頭上に下るのであろう。俺の世界が殺気を帯びて居る

地球の眼が血走って居る。失われ失われ
そして狂になって呉れろ
切にいま俺はさんらんたる幻の出現をまちのぞんで居る
幻よ出でよ、そして俺を狂せしめよ
幻は俺の中に心臓の中に肉の中に精液の中に眼玉の中に潜んで居る、幾千となく潜んで
居る、今に出る、現われる
ああ光栄の其の時よ、その時金剛石と俺は化するであろう、夜長島宅に遊びそれよりカ
フェー・パウリスタへ行く、かえれば桑重氏来られ居り話せり。

五月二十二日

昨夜は笹さんに宿る
午前挿画四枚描く、これも一時の方便だ（この根性がいけないんだ）
チマブエはジオットに劣る、何となればチマブエには偽がある、飾り気があるから
ジオットよジオットよジオットよ
君夢にも思わなかったろう、君の後へ東洋の貧国から村山槐多と云う大芸術家が出現し
ようとは

あれのあてがはずれた、この月末から画にかかることは出来なくなった、しかしこんな事はどうでもよい、たとえ今年だめでも来年ある、その次がある、どこまでも俺の執念の続く限り俺の企図は続くであろう、『女子らと癩者』はいつ生れるか。とに角その誕生の時は必ず来る。この絵は俺の第一のものであらねばならぬ、俺の処女作が一九一五年に出でるか一九一六にかかとに角爆弾の投ぜられるのは近い内だ

ファントマを見物した、その内急に新ぼんが恋しくなって来た、すぐ出てから往復ハガキを四条の家へ出した、来月俺は新ぼんとYと遊ぶのだ、生活に芸術を見付けるのだ。

五月二十三日

今日は雨なり、夕方小石川へ行き晩めしを食いて帰る、夜おばさんに琴を習う

「春は花夏はたちばな、秋は菊冬は水仙室の梅」

今日切に逃亡の思われる日であった、どこかへ逃亡したい

前後の生活から全然孤立した境へかくれたい

恐らく俺は逃げるであろう。いつかは

俺はただしみじみと生きて行こう、そしてただひたすらに芸術をのみ心に貯えて行こう、出すより先ず貯えるのだ、情熱の溢るる日を待とう

情熱が火の如くわが世界を焦がし万物の血に濡るる時を待とう、この恐ろしい世界はきっと来る
きっと来る
毎日々々涙と笑との両端に馳駆する時がきっと来る
その時からああ其の時から俺の真の生活が始まるのだ
それまでは一の安息だ、何とも云えぬ美しい安息の時なのだ。

五月二十四日

夕方柳瀬来る
僕は彼を家に残して上野に行く、広小路で早雲和尚に会いカフェーにて菓子を喰いそれより飯田町の稲生を尋ねる、彼は中々御世辞の好い奴だ
その美にやはりチャームされぬ訳に行かなかった、彼は去年より血色が優雅になって来レオナルドの素描或はルイニの画の感じを与える、おれは永劫彼を愛することにした、いつか肖像をかくのだ。幸福な実に楽しい夜であった、この麗しき青年と始めて心ゆくまで物語った、この夜は永久に忘れられない。帰れば柳瀬は居なかった。

五月二十五日

昨日からお静さんがモデルに来て居るのだ、彼女の肉体は毎々俺を驚嘆さす、美しき肥っちょめ、俺は貴様の肉体の前には一の降伏を白状せなければならん、午後クラブで暫らくテニス。

五月二十六日

おしづさんの肉感的なることをしみじみ感じた、昼から皆で尾久口へ行った、二艘の和船で川を上下しビールを呑んだり何かしてずい分面白かった

僕や水木や長島が泳いだ

かえりにクラブに寄りテニスをやる、長島は僕位な技量だ、愉快な日であった。

五月二十七日

朝研究所にて相不変長島と遊ぶ

午後銀座へ行き柚木岸田両展覧会を見る

柚木氏のは極くおめでたい絵だ、「たばこ」と云う女の画が一寸プレザントであった、岸田の方は可成り見ごたえがあったが彼の精液のつやがすこしはげかかって居る、「秋の霊日《れいじつ》の路」「冬の霊日の畑」は二枚とも全くいいものである、妻の像のうち数点よいのがあった。上水の流れに至っては愚作である、椿肖像も愚作、殊に大きい方のからはローヤルアカデミーピクチュアーでも見た様な悪感を受けた

このエキスポジションでの傑作はやはり高須肖像であろうと思う、かの絵には兎に角ダスタエフスキーのノベルを見る様な辛味がある

一箇の英雄よ

俺は君を尊敬する、しかしながら決して君の弟子にはならない、今日はあつい日であった。

五月二十八日

午前金が貰えたので松坂屋へ行って着物を買った、(一円七十銭)それから小杉さんのピンクマダー買いに神保町まで行った、かえるとすぐまた研究所へ行く

この一週間研究所行きは実に楽しみであった

そしてあらゆる生活の楽しさがあった
夕方クラブでテニス。藤井さんと組んで始め負けしまいに勝った、一人の貴公子が来て居た、かの人の様に大きな風格を得たい物だ、飽く迄男らしく生きることに努力したい。

大正六年

五月十四日夜　宣言

女の卑しき姿が自分の眼をさました、俺の世界の形相は是であったか、俺は覚めた。一切から。俺は生活を、その指針を変える必要がある。高き整いたる心境に至る道を考える必要がある。

俺は現在の自己を出発点として出来得る限りのやり口を考えよう。

第一に、日々何事か仕事する事、その仕事は自分に命の糧を与え得るものでなければならぬ、又心の領域をきずつけぬ物でなければならぬ。

第二に、霊を曇らせる一切の行為を禁ずる事、例せば飲酒、喫煙、耽色等。

第三に、よき知識を多く吸収する事、知識は浮華なる情欲を調整し真正の快楽を与えて呉れるであろう。

以後俺にとって怠惰と悪しき快楽とは敵である、俺は底に徹するまでそれと闘おう。独立心と勇気とを以て、たとえ始まりはいかに貧しきにせよ全力を以て働くのがほんとに人間らしく気持よく男らしい道だ。

一切のボヘミアンの心から離れ着実謹直なる人間となろう、卑しき女の姿よ、その姿は自分を怒らせたと同時に自分の姿をも、自分は怒った、自分は必ず以上の決意を実行しよう。まず自分は一切の自分の過去から分離しよう、世界に唯一人の人間として自分の生活を始めよう。自分にはそれをやるだけの勇気がある筈だ。

そして又自分には芽が大木になるだけの才能と力とが天から恵まれて居る筈だ。自分は最早や画工でも何でもない一箇の人間、何も知らぬ一人の男子に過ぎぬのだ。今夜自分は生れ落ちたと同じだ。明日から日々日記を自分はつけよう。前記の三箇条に外れぬ様に筆をつけて行かねばならぬ。

時間は浪費せず。

金銭は浪費せず。

食物は度を過ごさず。

決して怒らず。（大なる宇宙の心を以て）

決してしょげず。

酒は呑まず。

煙草は喫わず。

女にはふれず。

よく眠りよく起き。

悪(総て独立心なき行動)をなさず。

行為は自己の出来得る最大限の善を行いすべての誘惑を容れず。

苦痛に負けず。

右の条々守るべし、しかしその絶対なる個人主義たるべし。他人の悪を問う事なかれ他人の悪にすこしでも影響される事なれば。

心は絶えず平静にしてにこやかたれ、物をうたがうべからず。失策を恐るるべからず、すべて全力を以て行う時成敗何ぞ問うに足らんや、
以上の事柄をとり集めた上で唯一点太陽の如く輝やく「美」に向って絶対に純であるべく気を付けよう。

罰に向って良心かわらずば人間は永劫に幸福であるから自分が一般凡象中の力行者と異なる唯一つの相違点はその美の気づかいでなければならぬ。

自分は生長し強大なる人間となりたい。大なる壮麗なる世界の所有者となりたい。三十

歳までに是非なりたい。強く美しくすぐれたる人間の一部に今から俺は這入ったのだ。
もう決して低き女に迷ったりする事はない。
すべて行為はよく考えた上で右か左かを定めなければならぬ。
ギリシャ哲学の攻究。

×

頭がハッキリする程世の中もハッキリする。
ハッキリする事はむしろ苦痛である。
今の自分はその苦痛を逃げてはいけない。
壺坂寺の盲人の開眼の歓喜を自分は味わんとして心轟ろく。
頭をただ整理し清めたい。
レオナルドが所謂鏡の如くにしたい。
悩み、そがフレッシュな清い血潮に、
わなわなと溢れ躍る、それを思う、
あらゆるデカダンスの思想から整然たる孔子の道へ。
容貌も心もすべてが明るく澄み渡る境を思う。

よき友はないか、宝玉の如く美しい友は。

五月十七日

午前今関と動物園を見た、後上野の木を写生した。
うまく行かぬが明日もやるつもりだ。
午後モデルがすんでから図書館にてプラトーン集をよむ（第一巻プロータゴラスまで）。

五月十八日

上野の木はまずく出来た、
つき通す様な芸術的明察がほしい、
もうやめだ、
たばこをよしたらねむたくていけない、
銀座を歩きてかえる、
水の様な健康、純粋さを得たくはない。

悪魔のたくましさを得たい。

七月十一日

今日は「戦争と平和」第四巻を読んだ、半ばまで、老公爵ボルコンスキーの死がよく描かれて居た、ナポレオン及び戦争に対するトルストイの観察も明快である。ピエールの性格が自分にはすこししんねりむっつりすぎる、しかし気持のいい男だ、
「印象派以後」と云う木下杢太郎の本は悪本だ。
午後美術院で笠原と話す、モデルのおみよちゃんが居た、善い顔をして居た、
夕方小杉邸にてすこし酒をのむ、いいファミリーである、おKさんにどうも執着が起りそうでいけない、二十日の点呼は六時半からだと云う。

七月十二日

「戦争と平和」第四巻を終り第五巻にかかった、
モスコー開城の前後が実に善い、
ピエルはフランス軍にとらわれボルコンスキーは死んだ。エレンも死んだ、ニコライと

プリンセスアリアとはどうなるか、楽しみだ、白秋の「雲母集」おもしろい。

八月二十一日

朝、前夜の酒ですっかり参り切った、波浮へ電為替を取りに行った、宿のペイメントをしHに一円五十銭やって、野潟、元村を通じて泉津へ来た、ほんとに善い村だ、長く居たい。

九月二十五日　空、白、寒、

田端にゆきいとこの家による、小杉氏等は僕の無頼なる性癖殊に酒の上に飽き果てた不快を感じて居るらしい、よくそれが如何なる程度のものかがわかる、宿命のもたらすところで自ら苦笑をせざるを得ない、せきがやまぬ、肺に来ぬ様に警戒しようと思う、いかなる仕事を明日からやるべきか、すこし迷う、新鮮な勇気と aim とを要求する、

しっかりやろう、

境遇に対して可成りな不平はあるがそれは要するに弱いのだ、自分は世界を円い玉に磨き上げよう、種々と未来を計画するのは楽みな事である、

その楽しさを味わって居るだけで満足だ。

九月二十六日

朝起きていとこの家へ行った、いとこは僕の禁酒を条件に月十円うけ合って呉れた、有難い事だ、それより上野の院展にておKちゃんに出会わした、純なうつくしい感じが胸を伝った、

怜悧な子である、

もう一切酒も飲まずたばこも吸うまい、暫らく仙人になろう、石井鶴さん式に、

白山へ廻りめしを食ってかえれば山崎は居ない。

夜、Ｉの家へ行ってとまった。

九月二十九日

朝起きて田端へゆきいとこのうちへよる、今日は鼎さんのマリエージのある日だ、雨がふり出した、方々うちをたずね歩いたがない、一ぺんうちへかえりまた谷中の方を探したがなくて帰るとIが来て居た、例のモディックの用で巣鴨へ行ってやった、かえると山崎がかえって居た、
夜俄に楽譜がほしくなってわざわざ神田までゆくと楽器屋は寝て居る、仕方なくコーヒーを吞んで帰った。

十月十日　水

十円貰って根津に行き藍染町二十二、丹野方に間を借る事に定めた、めし屋の勘定書を持ってまた田端へ行く、
新らしい室でまずい造作ながら気持はわるくない、蒲団は月賦で買う事にした、
雨が降って気持が悪い、
これから生活を少し整理しよう、一日五十銭ずつ必ずかせぐ事にしよう、すぐと云うわ

けにも行くまいが、
そうすれば鼎さんの方の十円と合して二十五円定収が出来ることになる、
画を売る事も少し考えるのだ、
夜、神田へ行って楽譜を二冊かった。

十月十一日　木

生活の整理に着々進もう、
朝美術院でモデルを描いた、
午後田端へゆき笹様方にて入浴晩食しかえりに鼎さん宅でおばさんの病気を見舞った、
是から自分は「自分の物」と云う事に考えを置いて行こうと思う、本でも何でも決して
そういう事をごまかすまい、
蒲団は当分持って来ぬ事にした、あの金力がつくまでごろ寝をしても辛抱しよう、すこし苦しみを嘗めても独立的になる必要がある。

十月十二日

朝美術院の教室で横山さんの犬二匹とふざけて面白かった、モデルは笑うとほんとに美しくなる女だ、単純な善い所がある、山形の女だそうだ、あっちの女はおいらんでも何んでも長閑な所があって面白い、
午後はうち、夕方からKの所へ出掛けて画を売る事をたのんで来た、十五日頃首尾よく金になると善いと思うが、
仕事のうさが苛立しい

十月十四日　日

晴れた善い日だ、しかし寒い、クールだ、
朝早く上野の森に行き図書館へ行って正午前まで居た、
「戦争と平和」やっとよみ終った、ずい分面白い小説だった。しかしこの広い全舞台を通じて僕の理想とする様な「円人」は一人も居ない、トルストイのクツーゾフに味方する所のある主張が頑固に骨組をつくる、その確かさに美しい気持が見られる、

午後、桂ちゃんが来て一所に散歩し共にうちへ行った、幸福な気持だった。

十月十六日　火

今日は午前美術院へ行った、かえるとIが来た、○の件はらちがあいた、図書館へ一寸行ってかえる、
おとくさんのうちを夜探し当てて会った、だんなと別れたのだそうだ、美しい幸福な感じだ、大好きだ、一所にうちを持つ事を一寸相談しておいた。
この別な意味での恋心を散らすまい、石を噛んでもこの人につくしてやろう、それは又、自分を生長させる善い道である、一生、妻なんぞなくともあの様な芸術品と一所に居るなら満足だ、働こう、働こう。

十月十七日　水

朝美術院、デッサンがどうも旨く行かない、さびしくなった、一定の芸術的な手のなれ

にかえらなければ絵は常に出来ない、

出来るまでつつこう。

午後うちへ行った、桂次はすこし顔色が蒼すぎる、且病的である、もうすこし健康にしてやらないと死んでしまう、有子は段々よくなるだろう。

夜八時まで赤坂の辺をうろついた。

十月十八日　木

今日はやや手が動いた、

夜、小野憲が来た、夜半隣室かららしい erotic vocal が長い間きこえてかなりなやんだ、

毒だ、是れから早く寝てしまおう、

だらくするならだらくした人間としてだ、

小野憲式はいやだ。

十月十九日　金

おみっちゃんの顔はほとんど純粋の円だ、コンパスで描ける、あんなのも珍らしい、デッサンはほぼ仕上った、どうもアカデミックになり、且肉体のアウトラインのデリケートさが出ない、汚なくはあるが水木の素描などはその点善いと思う。

中出の絵は大体好きだ、一番しっかりして居る、隣家の erotic-symphony は今日殊に盛んだ、よほど助平なカープルと見える、昼間、夕方に手ひどく起るに至っては手痛い、あまり連続する様だったら何とか逃避策を講じないとこっちが参ってしまう、そんな音響に耳をならすのも、余り有難い話ではないからな。

十月二十日　土

二十日となった、もう十日程この室で過ごした、何の具体的の仕事もしなかった、是はさびしい事だ、しかし絶えまなく何かしようとする意志を持って居よう、そうすれば必ず何かを得る、

今日でおみっちゃんの幕は終った、善いモデルだ、卵の様な、気儘、やりっぱなし等の気質が自分の中にある、それ等を極く麗わしい様に仕立てよう、オペラ役者の様に行こう、自分には、トルストイ分子がどうもない様な気がする、

午後少女雑誌の原稿を鼎さんの方へ送った、美術院で半折を一枚描いた、水墨画と云う

奴はまったく気持の仕事だ、
今関の居所をきいた、夜山崎が来て一所に彼のうちへ行った、
雨がふって居る、かえって寝た、

十月二十二日

朝、美術院、新らしいモデルが来た、
午後うちへ行った、晩めし後かえった、母から五十銭貰って有難く思ってかえって来る途中、たばこを買おうとしたらどこでも小銭払底でつりを呉れぬ、仕方なくコーヒーを一つ呑んでくずそうと思ってカフェーへ這入ったらついついパイを取ったりして二十五銭消えちゃった。
母にすまない様ないやな気持がした、
どうぞお許し下さりませ、不孝の罪。
美術院に鼎さんの批評があった、僕の画（乞食と女）はアナクレオニズムだとあるのはうれしい、斎藤、山本、大野三氏の評を今秋は頂戴した訳だ、黙殺でもなかったと云う物だ。

十月二十三日

朝、美術院へ行って遊んじゃった、

午後、小杉氏のうちにて半折二枚画く、鼎さんのところへよってかえる。

道灌山の秋の草木を見て濁れる生活がつくづくかなしくなった、

なぜ人は草木の様に行かぬのか、純真に進む事が中々出来得ない、自分を呪う遊惰に打負けてふらとあてどなき道をたどる自分を。

強い底力と豊な内容とを要求する念が頻りだ、

自分は今しかし自分を批評し自らの進路に就いて新らしい計画を立てる丈けの情調を持って居ない、近き未来には必ずある出発点を見つけ出そうと思う、パッションの襲来を待つより他はない。

十二月十五日　晴

朝起きておばさんのうちから湯に行く、午後までポートレートをつっついた。

おばさんの顔はマーブルの様にうつくしい、昨夜の金をなぜ皆上げなかったかと放蕩を

悔いた、はたらこう、金をつくろう、

雪かみぞれかみぞれがゆきか

とけて波路の二つもじ

質素ほどうつくしく貴い物はない、潤沢の末は必ず質素に至る、我々は常に質素でなければならぬ、是れまで目にした物の内で小杉さんの質素、それから今の彼女の質素の如きは美しき物の例だ、我々の生活がより聡明でありより敏活である程に質素の分子は必要である。

この頃自分は時間をむだにすると云う事をすこしずつ恐れ始めた、そして労働に非常に愛を感じて来た、この心をもっと盛にしたい、

夜、鼎さんの家に行く、自分は美術院院友になったげな、

……………………、……………………、団体としての美術院の行動に文句をはさむ訳はないが、ある団体が大きくなるにつれてアカデミックな色彩を生じてゆく事はまぬかれ難く、且余り善い物ではない事を一寸感じた。

パトロンとしての鼎さんに彼女の事を説明して置いた、鼎さんの頭に起った感情はあまり善くはあるまい、是非はどうでもいい、問題は自分の力の弱さから起った事だ、

明日から精一杯はたらこう、固く正しく、正しき道に勝はある、

明日から煙草を廃止しよう、絶対に、

朝九時から夜七時まできっかりと働こう、
暮までに二十五円作らなくてはならない、
自分は謹厳端正な人間になる事を暫らく心掛けよう、すべてに調和した玉となる事を、
愛は私をまるく大きくさせる、
男ははたらき、
女は化粧する、
世の調和はそこに美を極めるのだ。

十二月十六日　晴天、

朝、高尾氏のおやじのポートレートを大略仕上げた、
今日は昨夜昂奮して眠れなかったたたりで何だか一日変ちきりんな頭だった、
午後一時より七時まで作業する、ポートレートは色をもっと白くして呉れと云う注文で持ちかえった、
佐藤氏の方はだめらしい、暮までに十円きりきゃ工場よりはとれないと見なければならぬ、
三円蒲団屋にやり五円彼女にやるとあと幾何残ろう、さみしい、

十二月十七日　晴天、

朝、彼女と暫らく話した、午後まで約二時間工場で仕事をした、それからかえって美術院へゆくと、犬がうれしがって自分に接吻した、

あの犬二人は実に愛らしい奴等だ、

自分の院友になった書付を貰った、

それから神田へ行って山崎にやはり書付をわたす、

神田からうちへ廻る、うちで着物を着て来た、かえって彼女に会う、

彼女に対して自分は何だかおせっかいな、ばか野郎に見えるかも知れない、しかしいい、自分は自分の愛のためにはたらいてる、外から見たそれが何んであろう、

自分の心に満ちた愛の心が最も貴いその報いだ、「自我」に詩を出しておいた、

たばこはやはり呑み出した。

十二月十八日　晴天、

午前九時半から午後六時まで工場で仕事をした、高尾氏の宅で酒を呑んだ、「きれいな

人」と云うのが自分に対する女共の評だった、こんな評は始めて受けた物だ、尤も工場の彼等よりひどかった日にはみじめだが、

かえっておばさんのうちへよると戸がしまって居た、何だかかなしくなった、二三日行くまい、やっぱり自分は彼女に恋を感じて居るのか、

もう離れよう、自分は何と云う損な奴だろう、

世界をまた改める必要がある、明日からすっかり改良だ、まったく自分に自分が愛想が尽きた、ほれっぽくて意志がよわくっておまけに金がない、自分はつくづく自分の宿命を恨む。

十二月十九日　晴天、

朝美術院へ行った、

実に上天気だ、実に幸福だ、昼めし食いに彼女の所へ出掛けたら佐藤氏に会った、

午後Iが来た、一緒に浅草へ行く事にして彼はうちへ財布をとりにかえった、

普通平常の幸福と云う感じの最も直接な外的起因は何んであろう、自分にとっては第一に、肉体の健康だ、次に天候だ、次に金だ、

もっとも愛とか希望とか云う内的原因も作用して居らなくてはならないが、

Ｉはそれっきり来ない、でたらめな奴だ、それからおばさんとこで夜まですごす、ねむたくなって八時にかえって寝た、

自分は彼女に就いて女と云う物を考えて居る、

彼女に就いて女に対する男の対策を練習して居る、彼女のところにしばらくかよっても決してむだになりはしない、

明日から暫らく彼女を遠のこう、そして工場で五日ばかり夜を徹して働こうとも考える。

今日も何もしなかった、さびしくなる。

十二月二十日　晴天、

今日一日しっかり働いた、

高尾氏に明日金をつくる事を受合って貰った、かえりおばさんとこへよって今朝洗濯屋から受とったばかりのかすりをとって来て質に置いたのは何の為めだ、

その金で入りもしないレターペーパーを買いライスカレーを食いたばこを買ったのは何の為めか何んだか自分で自分のやってる事がわからない、

ばか、ばか、ばか、

和辻、佐々木二氏へ手紙を出した。

十二月二十一日　晴天、

天気のつづく事はどうだ、実に美しい、今日も一日働いた、彼女に夜五円やったら実に善い気持になった。千金にも代えがたい気持だ、ばかだと言うなら言え、明朝はうちへやる画を描こう。

十二月二十三日　晴天、

朝十時から美術院の忘年会に出席した、牛肉屋の体《てい》でかなり呑んだ、山崎と小柳と僕とで組になって居ておもしろかった。かえりおばさんとこへよりまた四合ばかり呑んだあげく浅草へ出掛けキネマクラブを見た、出て神谷バーへ行ってまた呑んだ、かえりおばさんところへよった、酔って何かくだったらしい、今日は鼎さんに対してまったく相すまぬ日だった。

十二月二十四日　晴天、

今日は不思議な晴れ方をして居る、物の色が実に美しい藍色を帯びて居る、
一高の寄宿舎の横で胸のおどる様な陰影に会った、
朝、母に画を持って行った、…………………………、
泣きたくなる、
工場によって佐藤氏からカンヴァスをかえして貰ってかえって来た、商売絵を描きかけたがよした、それから田端へ二度往復して小杉さんに素描を一枚売って貰う事に約束して来た、
是れでどこかへ旅行するのだ、
鼎さんとこへよった、
夜工場へ行って金を八円貰った、文房堂で画板を買いボールカンヴァスを三枚買った、
いい下駄を買った、
おばさんに洋食を奢った。ふとん屋へはらった、
あと二円のこった、これで旅行するんだ。

十二月二十五日　晴天、

頭がいらいらする、朝、未醒、鼎両氏に会った、
二十七日夜旅費を工面して貰う事にした、
今度の旅行はすこし辛らいだろうが我慢しよう、
彼女に離れるのは実に厭だ、今頭が混沌と悩んで居る、
半日ぶらぶらした、
神田へ出掛けて山崎に会った、
彼奴は僕から逃げた、よしクライマックスが近づいた、かえりにTのうちへよって彼をおばさんのうちへつれて行く、九時頃まで話してかえって寝た、
Tに彼女の金をつくって貰う事をたのんだ、
まずければ自分が犠牲になろう、是が最善のつみほろぼしだ、
金のないと云う事は全くあきれた事だ。

十二月二十六日　晴天、

朝上野へ行って見た、何んのめあてもなしに、そしてまた、何のめあてもなしにかえった、おばさんに二十銭貰って田端へ出掛けた、

小杉さんの横を通ったらKちゃんが両手をあげてうちの中から笑った、あの子は何か僕のことを考えて居る様に思うがたしかにはわからない、僕もあの少女は好きだ、たしかに好きな物以上のある物だ、しかし現在は僕の心がかの老女のチァームに溺れ切って居る、「君は実にデカダンだ」と鼎さんが僕に言った、或はそうかも知れない、

笹さんへ行って昼から夜にかけて遊んだ、芋版で乱暴な年賀エハガキをつくってやった、

九時頃帰る、いい実にあかるい月夜だ、さむい、そばやへよって酒を一本のんだ、かえりおばさんのうちの外から声をかけたら彼女は寝床の中からこたえた、哀れにうつくしい女と思った、

これが若く、且もっとフリーリーな女だったら自分はどんなに幸福だろう、

笹夫人から一円もらって来た、

自分はこの頃力がない、そしていたずらに鋭敏だ、

一種のデカダンスだ、悲哀に快楽を感じる。

十二月二十七日　晴天、

朝ふとん屋の金を二十九日まで払って置いた、
それより図書館へ行った、旅行案内を見た、
大網と云うところへ行こうと思う、
おばさんところで昼めしを食ったら頭がほてって耐らなくなったので湯に這入った、
詩篇と云う雑誌は発売禁止になったそうだ、僕の詩ものったかも知れない、
夕方鼎さんに会って十円貰った、
夜、かの魔者と話した、これで縁切だ、
明朝から旅行だ。

十二月二十八日　晴天、

朝、彼女と話す、午食後両国ステーションへ行って成東行の汽車に乗った、
四時過鳴浜につく、日が暮れたのでいなりやなる安宿へとまった、ずい分ひどい宿屋

だ、
おかしいマダムが居る。

十二月二十九日　晴天、

朝、隣り村の片貝へ行って見た、下らぬ村だ、しかし漁場の気持は中々ある、砂浜をぶらぶら歩いた、砂の色はうつくしい物だが対象物として作画するには余りに平たい、
スケッチを一枚描いたが石油が欠乏して中止した、
中々善いが捉え難い風景だ、
海岸に似合わず中々冷めたい、丹野方とおとくさんへハガキを出した、うち、小杉氏、山本氏、尚工社へもハガキを出した、
今度の旅はあるヒントを得るに止めよう、
それで作画しよう、
四日までここに居よう、五日におかえりとしよう、
午後八号を始めた、風強く且寒くて厭な気持だ、放浪者の宿に一種のはかない興味を感じる、湯へ行って、湯銭一銭とは安い。

十二月三十日　晴天、

朝船の出るところを見に浜へ行った、

シャルル・コッテ風な感がある、赤いほおかむりの漁師はおもしろい、

スケッチに出たが手が凍えとても駄目だ、それに空も暗い、船をスケッチして居たら爺さんが来て、その船は破損して居るとわざわざ教えて呉れた、

午後八号をつづけた、が寒いし、風が強いしやり切れない、途中で止した、絵具箱が砂だらけになった、まだある興にのる所まで至らない、夕方までぶらぶらする、夕方から年賀ハガキを二十枚描きなぐった、雪がちらちら来た。

十二月三十一日　晴天、

朝一枚ボールカンヴァスにスケッチをした、

自分は是れまで自然を写実的に見る事がすくなかったので写実的に向うとすくなからず困る、自然の色がウルトラとガランスばかりにならないかな、今一枚と八号とを非常に楽しみにして居る、

風が強くて見惚れる様な晴れた大空に対し玉のきずとなって居る、
今日浜で女の子が「お前お白粉をつけてるね」と言って笑った、なる程この辺の人より、よほど僕の方が白い、妙な気持がした、
このうちのマダムのおふくろは若い時おKちゃんに似ていたろうと思う、
八号はうち中で描いちゃった、印象をたどって。
早く東京へかえりたくなった、美しいおばさんのファミリイへ、明日板ぺらを一枚描き、あと素描を二つ三つ作れたら作ろう、
食う物がなくなって第一閉口だ、しゃけばかり食って居る、
夜マダムと一寸話をした、ほっぺたの美しい女だ、裸体にしたらきっと善いだろう、張り切って居る不遠慮さが気に入った。

大正七年

一月一日　晴天

今日は実にいい晴天だ、朝起きて羽織を洗濯した、この羽織は洗濯しても同じこった。着物などと云う物はうるさい物だ。

午後までぽかぽか日向ぼっくりをする、ものうい、亡国的な気持の日だ、自分の芸術につくづく悲しくなった、自分はデカダンスに飽きはてた。

彼女はどうして居るか、三日には帰ることにしよう、空がすこし曇った、明日は雨らしい、海の音も凄い、午後、スケッチを一枚描いた。

つまらなく出来た、絵は当分出来ないらしい、明日天気だったら素描を一二枚作ろう、この辺の人のノンセンスにはあきれる。

海岸で小僧共がカンヴァスのまわりでまわって弱り切った。

今日、十六になる少女としばらくからかって話した、田舎の少女は皆一種の無器用なうつくしい味を持って居る、すきだ。

一月二日　雨天

今日は雨で退屈だ、朝からこたつに這入って、のらくらして居る。

今年の仕事に就いて考える、やっぱり運命に従う外はない。

午後かえる事を俄かに思い立って成東より汽車にのる、自分はとてもあきつつくらし得ない。

かえってうちに寝たら心が安まった。

おばさんのうちで十一時まで酒を呑んだ。

何だかばかにさびしくなった、もうあの女の所へは行くまい、是れまでの夢を夢としておいてまた新しい物を見つけよう。

一月三日　晴天

今日は一日おばさんとうちで暮す、二人で酒を呑んだ、女は酒が廻ると不可思議な一種グロテスクな面になる。

夕方うちへ行って父とすこし呑む

自分が心中に泣いて居る気持は恐らく母も誰も知るまい、かなしき事だ。

夜とまった。

一月四日　晴天

午後かえる、一寸彼女のところへよってそれより田端へゆく、鼎さんのところへよったが皆留守だった。

小杉さんへ行くとまた家中留守だ、小野氏と酒を呑んで酔倒した。

小杉さんへとまる。

一月五日

朝小杉さんで朝食後鼎氏のうちへ行く会う、猪之吉氏が来て居た、鼎さんは午前十一時、信州へ立つと云う、それより、宮坂宅にて一酔後、小杉さんへまた行った。

可成酔った。

未醒氏にしかられた。

また宮坂方へまいもどりまた鼎さん宅へよって夕食後、痛い頭と苦しい胸とを持参してかえる、おばさんとこへ一寸よった。

何んだか飽きた様な気持になった、断然と別れる必要がある。

明日から働こう。

要するに自分は彼女の眼には一箇のおばかさんとして都合よくつかわれて居たのだ。

あくびが出る。

一月六日　晴天

朝起きて散髪屋へ行った、千住のKの所へ行くと彼は留守だ、それから田端へゆく。田端の笹さんでこたつに這入って居る。夜笹さんと酒をのむ、酔ってかえり電柱にぶっつかって眼鏡にひびを入れた。

一月七日　晴天

朝、美術院へ行ってモデルをやった。

小杉さんも来て居た、午後小柳とその新大久保のうちへ行って二十五年たったマンローのウイスキーを呑んで恋の話をした。

「月に吠える」と云う詩集をみる。

僕はきらいだ。

かえり牛込へよる、うちと云う物は変てこな物だ、かえって彼女のうちでおつやさんに会った、そばを奢った。

室代を請求されて不快な気持になった。

しばらくうちへ行こうか知ら。

一月八日　晴天

朝、美術院、午後、山本、小杉さん。夕方海岸の八号を持って笹さんへ行った。マダムは京都へ立つところだった、本郷へ廻りTへよったが留守、かえって引越しをしちゃった、丁度山本君がやって来た、今京からかえった所だと云う、やどなしだと云うので二人、おばさんのうちから九時頃出掛けた。

北千住へ行って、ある料理屋で呑んだ、そして、…………、…………………、…………………、猛烈な奴で手こずった。

（九日より十二日まで略すその以後なし）

一月三十日　晴

朝、牛込の家から電車で田端へゆき家子さんの寝込みを起して金を貰いすぐ根津へ来て真島町一番地五号に間を借りた、おとくさんに友よりの五円をやる。

午後工場へ行った、夜牛込の家により絵具箱を持って出た、引越しの事は言わなかった。

母が病んで居た。

それから根津へかえりおとくさんのうちへよった。

机やシャボンなぞを買ってかえった。

夜亭主と話して見るとモデル女のおとしさんが元此家に居たんだそうだ。

一月三十一日　晴天

午後工場へ行く。

夜サラリーを貰ってかえる、途で長島方により十時まで話した。

彼女とは明日から永劫会わない。

フリーリーな気持になった、すべてから独立だ。

二月一日　晴天

朝、美術院へ行ってデッサンをやった、中々美しい肉を持ったモデルだ、研究所の空気は可成り淀んで居て不快だった。

午、山崎が一寸うちへより共に昼食して僕は田端へゆき彼は彼の新らしいうちへ行った、動坂で散髪入浴した。

小杉さんより鼎さんとこへよったら家子さんは病んで寝て居た。

かえって、笠原、佐々木、池田へ手紙を出した、肖像画をたのむ手紙だ。

今日から絶対に個人的に行くべく努めよう、其方法は唯一つ芸術に服従する事あるばかりだ。

電光の様に暮したい、発電機上の火花の様な生を得たい。

二月二日　晴天

午前、美術院へ行ってデッサンをやった。

佐藤氏にさそわれて浅草へ行き石川バーで呑み酔った、みっちゃんが居た。

かえり美術院へよって聞くと僕の画はコンクールで原田の画と列べられて掛って居た、鼻をすこし高くした。

それから佐藤君を自分の室で寝かしておいて電車で山本君の家へ行くと留守だ、小柳の家へより晩めしを食ってローヤル館のオペラを奢った。

玉ちゃんによく似た女優を見た、かえったら佐藤君はもう居なかった。

二月三日　午後小雨

今朝入浴後美術院へ行って、小杉さんと共にクロッキーをやった、四、五、のポーズは皆完全に美しい物であった、近頃になく幸福な眼のたのしみをした、後山崎と小柳とは音楽会へゆき僕は工場へと行った。

夜まで働いた。

金は明日ですっからかんだ、心細い。

着物とめしとの安定を早くつけたい、住あって衣食なしだ。

二月四日　晴

朝、美術院へ行ってポーズを定めてデッサンに掛かった、善いポーズであり美しい陰影に溢れて居る、うれしくなった、きっと善い画が得られよう。

午後、ＩＹＫが僕のうちに集まった、一所にそばやへ行ってかえり、夕方までぶらぶらする、佐藤君が夕方一寸顔を出した後、皆はかえった。

見廻す所金のある奴は一人も居ない、がっかりせざるを得ない。

夜おとくさんに会った、彼女はめまいがするとかでさびしい顔をして居た、正体のまったくわからない女だ。

二月七日　晴

さびしい追われる犬の様な気持がする日だった、いけない、いけない。
歩いてる道で一寸女の遊戯図をコンポーズした。
たくましい女が踊る様な姿勢で風船玉をつくと小さい女の子が手をのばすところ。
女は肉体の陰影をより多く示すために。
灰色の着物で女の子は派手に、風船玉は五色に。

二月十日　雨

朝起き山崎のうちへよる
めしを食って鼎さんところへ行く。家子さんは悪いそうだ、カンヴァスを貰った、（八十号の）小杉さんで二時頃まで下らなく遊び雨中今関方へ行く、杉村が居る。
今日は実に時を浪費した物だ。

明日から真剣にやろう。
八十号に全力を注ごう、何物を措いてもまずだ、
「風船玉をつく女」を素晴らしい物に仕上げよう、もとでは簡単だ。
ワク七八十銭
モデル費二日分一円
画具と筆三円
五円で上げよう。

二月十二日　晴

朝、…………を出た。

昨夜は酒でずっと寝通し朝になってリンガムを用いようとしたが用に耐えぬ。…………そうでないのだ、うれうべき現象だ。

性欲を強める必要がある、病気ではないかしら、それから工場へゆき夕方まで仕事、とある店で夕食し牛込の山本を訪うた、彼は貧乏でしょげて居た、またmeしを食いおでんやで呑みかえる。

上野のカフェーでSに会った。

さびしい日が続く、宿命をうらむ。

こんな調子の生活がつづいて末はどうなる事か。

二月十三日　晴

午後美術院へ行く、何だかつまらない。

午後、湯に這入って工場へ行った。

夜十時まで仕事をした。

股の淋巴腺がはれたのでどきっとしたが実は足に出来て居る、でき物から来たのだと思えばなんでもない。

今日は一日なんだか自分が劣等になまくらに見えた、いやだ、いやだ。

仕事にすこしあきた、下等な人間の集団の中で下等な仕事に手を染める事がつくづく厭になった、が生きる為めには仕方のない事だ。

二月十五日

午前、美術院表慶館を見た、又兵ヱの何とも言われぬ美しい女の立姿を見た、博物館の

（不明）お面はみんな面白い。

股ぐらが気になって仕方がない、すこしはれた、新田氏に善いウイスキー（亀屋の）をごちそうになった。

二月十七日

午前美術院、弟が来て会った、
午後鼎さんのうちをさがしに千駄木、動坂、駒込、根岸、上野等を歩き廻る。
一軒もない根岸のミルクホールでがっかりした気持になる。
鼎さん宅で夕食をごちそうになり、
小杉さんへよってかえる。

二月十八日

今日は朝美術院
かえり、山崎、今関がうちへ集まる。

僕がセブンで作った一円三十銭と山崎の八十銭とをよせて根津のけとやで一日のみ後、今関方で洋食をとって昼飯を食う。

今関氏は少ししょげ気味だ。

それより田端へ湯に入りにゆく、道でうちを一軒めっけて鼎さんに報じ早速一所に行って見た、気に入ったらしい、
何んだかばかばかしい一日だった、例によってしかし自分は元気が出た。

明日からずっとアクチーブに暮そう、いつも生々と、「青年美術」なる雑誌の話を鼎さんからきいた。

二月十九日

昨夜は実に寒かった。
朝美術院長島がうちへよった。
アンドレーフのアナテマを読んで厭な気持になった、それから鼎さんとこへよった、転居は中止だそうだ、家子さんが未だいけないそうだ、山崎方へよると留守
夜Iも自分も飢えて死なんとしたのでベッドを両方持ち出して、遂々酒に走り、おでん、けとやで飲む。

かなり酔っておとくさんとこへよった。
物足らなさをいつもの様に嘗めた。

二月二十日

朝美術院、
馬越、白石、山崎うちへ来て終日雑談す。
外へ出て佐藤君に会い大勢で坂のおでんやで呑んだ。
そのおでんやのマスターは聡明なゼントルマンで異色のある家だ。
あるいはソシアリストではないか、とも思う。
僕は近頃になく酔った。

九月八日　曇天

昨夜すこし強い夢を見て今日はつかれて居る、院展は落第だった、その新聞を手にしてすこしさびしくなる。
午前田端へゆく坂のところで小杉さんのお君さんに会う、この美少女を見て自分は非常に哀しくショックされた。

自分は実はこのひとに恋の芽生を感じて居たのだ、もはやしかしかなわぬ事になった、女を見ると一番さびしい。

鼎さんの新居にて夫人に会う、その絵を見せて貰った。

かえり小杉さんによる（此処不明）も居た、強く怜悧なるこの人の前へ出ると自分はいつも神経質ななぐりを受け且つ入れて長く話すに耐えぬ、これはどう言う訳か、かえる、未だからだは実用に耐えぬ、すぐつかれる。

午後非常にかなしくなって思わず外へとび出した、自殺の心が自然に湧く程。

実際病気してからの心をしらべれば、死を生よりも愛して居るらしい。

種々な考え方でおさえては居る物の自分はもはや逃れられぬ、くさった林檎の持主だ、かなしい、実にかなしい、自分は泣く。

森田草平の「自じょ伝」を少し読みかけたら熱が上ってよした。

今日体温平均六度五分位だった。

身体すこしだるかった外異状なし。

うちの情調がこの頃すこしデカダンだ。

九月九日　雨

けさはすこしさむい、
生命のよろこびをかき立てる必要がある、それには仕事をしなければならない、描こう、これから先はそれのみだ、
自分は自分の力量について悲しむ必要はない、ただ自分の怠慢浮薄についてかなしめばよいのだ、すこし秋を感じる、カヴァレリア・ルスチカナのあいそづかしの二部唱がふと心をみたす、何がな心をかたむけてふける思い出はないか、ロマンスある人は幸だ、自分はさびしい。その点自分は劣等な人間だ。

自分は豚の如き者だ、豚の尻に出刃をつっこんでよろこぶ悪太郎はあっても熱もて愛する人はない。

午前母に鼎さん宅へ金をもらいに行ってもらう。

雨で外へ出られぬからクオヴァディスに読み耽る、午後よみ終った。

おもしろい小説だ、ネロと云う奴動物的の感じがよく書けて居る。

しかし結局是れはキネマを見る興味だ、山本二郎氏来る、明日共に海へゆく事にした。

眼鏡を買った、九度で丁度眼に合う。

××××いまに破滅するであろう自分を最初として。

今日、体温六度四分を上らず。

夕方すこしだるい感じがあった。

九月十日　晴

朝山本二郎氏にさそわれて出立す。

両国より汽車にのる、八時三十分発。

今日は雨のあとで車窓の風景がしめりを帯びて実にうつくしかった。

空もうつくしく気持が善い、十一時頃成東について下りる、うどんを食う、それからてくてくつく。

あつい事はあついが風は涼しい。

すこしゃべりすぎる旅路を山本と共に四時間の後作田につく。

マダムもグランドパパも悦び顔にて迎えてくれた、海べはいつにかわらず静で日光に光る、水木、長島のハガキ見る、湯へはじめて行く。

夕めしに魚あり、山本は酒一合によっぱらった。

そのくだをききつつ夜の村道を散歩した、赤い弦月が空に光る。

寝る
今日は体温六度二三分平均。
失敬々々。

九月十一日　晴

午前山本と日光に浴して海べであそぶ。

彼奴はしきりにのろけつつあり、自分はどうもさびしかった。

彼はしきりに自分の神経質を非難するが彼自身がもし自分の位置に立ったら彼はとても立って歩くことすら得まい。

午後彼の東京へかえるのを送って片貝まで行く、片貝は善い村だ、海べへ出たら美しい別荘にぶつかった、都人も多く来るらしい。

暑いのは日向だけで陰は実に涼しい。

秋の善いシーズンとなった。

今日は情欲の頻りに起る日だ。

火の如く色情は走り起る、今しばらくゆるせ。

余りにくるしすぎる、そう多くの敵をもっては。

スシードの念も折々現われる、いけない。

しかしこの美しい砂丘の国に死はあるべき物か。

夕方小杉さんへ手紙を出した。

手紙を書くと興奮していけない。

今日体温六度三分を上らず。

山本を送る途中一寸疲労を感じた外身に異状なし。

また皮がやけた。

九月十二日　晴

昨夜と今暁ある感情にかられて不摂生なことをやった、朝早く起き出で海べを散歩し身体の調子を考う。

むしろ軽快な気分だ、或は自分はあまりに恐怖して居るのかもしれない、事実はもっと健康なのだろう。

しかし摂生は意志を以ってつとめる事が必要だ。

死はすこし前自分にとって暴王の如く見えた、しかし今は彼は単なる隣国の王にすぎぬ、恐ろしくない。

午後まで砂丘の上に日光浴、今日はいささか冷めたい、一人の老いし女がやはり麦藁帽かぶってさまよって居た、わがともがらかも知れぬ、□□が起っていけない。

絶対に禁制だ女の肌の様な砂が挑発する□□の押えがたさよ。

午後スケッチをやろうと画板を浜へ持ち出して見たが、あついのと興がのらぬのとで止めた。

婆あの茶店で、たまごともちと梨とを一所にくったらいやな気持になる。

かたがすこしだるい。

母と長島とへ一寸ハガキを出した。

空に雲すくなくなりし事かな、空気の善さが喉を躍らす、空気の味がわかる様になっては人間もおしまいだと思った。

今日温度六度六分最高。

すこしだるし。

死に損ないはやはりある異常な生活法によらないと生きにくいらしい

自分の生活法は次の如く定める。

以後ある時期まで必ず実行しよう。

一、湯に身を入るる事の絶対禁制。

二、一日三回以上の冷水摩擦。

三、興奮する食物飲料の絶対禁制、即ちアルコール成分の禁。
四、煙草の禁制。
五、夜十時以前就寝、朝七時以前の起床。
六、夜の興行物を見る事の禁制。
七、色欲の絶対禁制。
八、下駄の禁制。
九、午食後一時間の休息睡眠。
十、片栗、塩湯の毎日飲用。
十一、長時間談話の禁制。

九月十三日　曇、風

今朝は風が強くさむい、昨夜の床中自分の死の甘さをしきりに空想した、死はたしかにある甘き境らしい。

海は浪が高くすごい景色だ、風がすこし寒い風邪をひきそうだ。

午前婆あの茶店でしばらく遊ぶ、彼女の孫は大学を出て洋行後死んだそうだ。

卵と芋とで腹一杯になりかえる。

昼眠。

海岸へ出て見たら灰色の波があれ狂って居た、日光は風に吹きとばされて居た。

自分は大東岬へ行こうと思う。

小杉さんに手紙を書く、出す。

お金をねだる手紙には全くあきた、早くお金をやる手紙が書きたい。

今日はメリヤスのシャツを着てもあつくなかった、体温は六度三分平均だ。

別に異状なし、ただかたが時としてこる、自分はいのる、長く健康な人生が始まる事を。

もし神が自分にその生を呉れるならば、自分はどんなに正しく美しくくらして見せる事だろう、恐らく一秒でもそれをむだにはすまい。

あと二十年はいらない、十年の完全な生を呉れるならば、ああ。

しかしそれはもう始まったのだ。

しっかり生活しよう。

九月十四日　曇、後晴

院展も二科もいまはレアリズムのサロンだ。

さびしい日本人のレアリズム以上に自分は希求するある物がある、今その物に至り難い程、力は自分になさすぎるけれども、イタヌボオは自分の切にのぞむところだ。それがたとえ現生の内になくとも、しかし自分の頭は今あまりに寒く且りくつっぽい、これが止んでぶどうの玉の様な甘い美しい心になることをのぞむ。

わが新生はそれからだ。

今日も曇って居る、かけりゆく白い牝どりのリボンは赤く舞いめぐりそのそばに湯屋の女の子がおどりの真似をして居た。

朝めしに食う卵を買いに、婆さんのところへ行ったら一寸特長のあるむすめに会う、卵はすこし変だった。

歓喜に明けゆく夜明は来ぬか。

わが生活はさびしすぎる、もっと晴れやかに、花やかにならぬか。

空は晴れて来た、海べへ行ったり村はずれへ行ったりして午前をくらす。

すこし下痢する。

海風は少し冷々とする。

午後海べの番小舎のスケッチをやった、つかれてだめだ。

山本をまったが来なかった、うちへ手紙を出す、夕方はき気をもよおしたが飯を食ったら直った。今は体温は六度四分を上らず総体にひくかった、夜。

九月十五日　晴、風

昨夜より強い風がつづくが空はほがらかに晴れた、善い気持の日だ。

一日ぶらぶらする、ある一種の風邪心地——自分の病はその形を幽かに留むるにすぎなくなった。

もし再発と云う恐れがなかったら如何に悦ぶべき状態だろう。
○新生の願が強く心をうつ、空は高い、高い、雲の白いとばりから無限の空が見える。
あすこにわが領域はないか。
○猫にじゃれる、娼婦にじゃれると同じ事だ、同じ感じが湧く。
今は空も地も清らかでつめたい。

白金の箱の中に居る感じだ。

夕方、山本、山崎、うちより来信。

九月十六日　晴天

朝片貝村にゆく、空気は冷めたいが日光に溢れた秋らしい日だ、茶店で梨をたべたり、海岸の天気告示の竿のほとりの砂丘であそんだりしてかえる。
午後日光浴をする、風が強い、□□の横が赤くはれたが大丈夫だろう。
夕方近く船が浜へついたので見に行った。
ある漁夫のすばらしい体を見てワグナーのオペラを空想した、さめがたんと取れた。
海のあなた——どこか島へゆきたい。
雲にまかれてとんでゆきたい、女と果物とに溢れた島へ。
心地よい日ぐれだ、海に近い故だ。
いっそ海で上下左右を取りまきたい。
それ故島をしたう。
今日発信東京湾汽船会社へ。
体温低し
夜×

九月十七日　晴天

朝素晴らしい善い天気だ、散歩に消す、しかし昼近くなったら曇って来た、猫に嚙まれた。狂犬にやられた様な感じでこわくなったから絆創膏を張っておく。

村中卵をさがしまわったが、一つあったきりだった、午後砂丘の方へ行く、嵐の様な色情の群におそわれて実に進退きわまった。

病が一段落つくとまたこの戦だ。

ああなんの因果か。

しかしこの嵐来る故に命の輝やきは加わるのだ、まけてはならぬ積極的にやろう。

ONANISM や通常の情欲は肉体的にさして毒とは見るべき物ではない、精神的にある方向上、毒だ。

この海は此頃不漁。

夕ぐれすこし疲労を覚えた。

夜、同宿のつんぼのじいさんが酔っぱらって、おかしいくだをまいて居た。

善い月だった。

九月十八日　曇、雨

朝海べのこわれた番小舎をスケッチする。

地引網のおわりを見る、うすいビリジャンの海と茶の裸体、女らのこしまきにちらつくウルトラマリンの模様が実にうつくしい調和だった、魚のぴちぴち躍るありさまもめずらしかった。

すこし寒くなってかえる。

前の湯屋の背の高いおかみさんに卵をゆずって貰った、その卵をわったら黄味にベットリと赤い血がついて居た、かまわず呑む。

昼近く雨となった、ぼんやり見つめるとよた者との評あるむすめが肉感をそそる様な肉体を前の畑に現わす。

若者としておれは価値のすくない人間なるかな。埃っぽい容貌、衰えたる肉体、貧しい心、酒も煙草も女も近づけぬ男、女はとてもこんな木偶に近よらぬ。

象の様に大きくなりたい物だ。

かけ牛の□□がほしい。

獣になりたいのぞみがある、ツェントールに。

色慾の制御になやむ、この戦に加わったからはのるかそるかだ。

×

発信、山崎、山本鼎氏へ、

九月十九日　晴、風

風が昨夜から今朝へかけて雨と共にひどく吹いた、ものうい日だ。

今日から絶対に清純な生活をやろう。命にかかわる事を思えば。

金がすくなくなった、心ぼそい。

水木へハガキをやる、彼は自分の友人の内では変った一人だ、恐ろしい奴ではないが、がむしゃらなところが、それを持たぬ自分にうらやましく思わせる。

空は明るいが前後左右から風のくるうるさい日だった。

海べを砂の川が走るところを見た。

今夜は十五夜で夕方から雲一かけもなく晴れ切った空に美しとも美しい月が現われた。

かみさんと亭主とはだんごを臼でついて居る、そのだんごは旨かった。

母、東京湾汽船より来信。

御蔵島へは七日、二十一日午後四時出帆。

賃金三円五十五銭、約二日にて到着。

九月二十日　晴

朝片貝の郵便局へ行く、ずいぶんとおいので閉口した、それにあつくって。

金をかわせと代えてかえる、つかれた。

運命にみちびかれゆく自分と云う一箇の人間は真に興味深い物だと思う。

この衰えた死にかかった青年が思いきや赫々たる、健康と智とを得来って人々のうちに薔薇かダリヤかの如く讃嘆されまいとも限らぬ、あるいは今夜すでに死神の手のうちにかくされ去るかもしれぬ。

すべてはXであり自分としてただ自然の前に従う外はないが。

ある直覚はいまのところかなりメランコリーな物だ。

何故病んだか、酒や女に荒んだからだ、不摂生のいたすところだ。

何故不摂生だったか、快楽を欲した故に、そはまたなぜに。

かく問いつめて終りは「何故生れたか」位の問になる、遂に運命の勝だ。

九月二十一日　晴

朝くもって寒い、
鼎さんへ発信、
今日は初冬によくある様な日だ。

午後雪中梅なる明治二十年代の小説をよんでおもしろかった。

今から三四十年後に、今の小説をよんでもこんな気持だろう。

夕方片貝へ行く、うち、大屋へ発信、且つ菓子屋で牛かんを買ってかえる、歩くのは楽になった。

今日ばあさんところで医者の雑誌を見た、おれの病はどう名づけるべきか。

病とは死の郊外だ、そこに来るといたずらに死に入る事をいそぐ。

九月二十二日　雨

雨ふって寒い、肉体の要求か、島にしきりにゆきたくなった。

此後の生活について考える、どうゆくべきか、自分はラビリンスに落ち入った。

自分はひとりぼっちだ、愛をもって自分を温める何物もない、暗をただひとりでたどらなくてはならぬ、それだけに強くなるべき筈はある。

しかし何と言っても、もし自分が強くなったとしてもそれはニイツェの強さだ。病める者の強さ――狂いの強さに近い。

自分ののぞむのはそれではない、完全健康な強さだ。

ああそれは、そののぞみはけむりと消えしか、まさしく自分は自分のラビイを棒にふった。

敗れし人の生活――あくがれかともすれば、それに向う。ぐちは言わぬ筈だった。よそう。

人生に対して常に哄笑しようと、

転地の効果は六箇月の後でなければわからぬそうだ。

島で六箇月をくらしたい。具体的に金の協議をだれかとつける必要がある。

九月二十三日　曇、雨

ここの生活の単調にあきはてた。

すべての生活にあきた、一つまたかえなくっちゃならない。
今日は一日雨、つまらない。
うちと白石からハガキ。
夕方うちの爺さんが海から半分凍ってかえって来た、夕めしに魚をくった、
今日はからだが一日だるし。
熱は低い。

九月二十四日　雨、風

今日も雨だ、しかしいなさにかわったから温かだ、風はずい分強い。
十時頃から凄いあらしとなり夕刻まで荒れた。
小杉、山本、両氏より来信。
小杉さんから十円送られた。
どこかへ移りたい、どこにすべきか。

九月二十五日　晴

朝起きれば非常に善い天気でうれしくなった、ふと思い立って出発。片貝より成東まで歩きそれから汽車で勝浦へつく、高砂館なる宿にとまる、たばこを一寸吸って見た、頭がすぐ痛くなる、ばかな事だ。

一九一八年の末にお玉さんに言う事

お玉さん
あなたはまだ生きておいでですか、健康ですか、あのスペイン風邪になぶられませんでしたか、
あなたの唇の色はやっぱり椿の花の色の様に輝いて居ますか。

いや、いや、是等の問いを掛ける事は何たる愚な事でしょう。

もしあなたが死んで居たら病気であったら、あの美しい唇が紫色にかわっていたら。

私がこうやってどうして平然とあなたに言葉をならべて居られましょうか。

あなたは生きて居るにきまって居ます。

あなたが依然として健康に生をつづけていらっしゃるに相違ない証拠はいまこの瞬間私が活々としたあなたの全存在をすこしの苦もなく何の不自然さもなくまざまざと眼前に考

える事ができる事です。

いつでもあなたに会えると云う事は何の疑念もなく信じられるからです。

もしあなたが何かの不幸に会って居れば、あなたの霊がどうして空間を通じて私の心の何等かの感応を起こさずに居りましょう、私の前に烏の群が不吉な声をあげて泣く事がならずに過ぎましょう。

どうして私がたとえ地下の牢屋の中に居たとても、あなたの運命に無智で過ごす事があり得ましょう。

あなたは丈夫なのです、そして幸福なのです、あなたはやはり以前と同じくいや以前に倍して美しいのです、輝やいて居るのです。

お玉さん、私はいまあなたにあてて言う事をもしあなたが感じて呉れたなら、この思いが届いたならば。

私は事実無線電信の技手の様にあなたに向けて言って居るのですよ、ただあなたの霊をあてにして言うのですよ、電波が必ず千里の先に感ずる事がたしかである様に、この私の思いがあなたの心に感ずる事はたしかなのです、必ずあなたは感ずるのです、ただこの言葉をあなたが了解するか、どうか、暗号が解き得るかどうかが問題です、私はこんな風にあなたが私のいま念じて居る事を感じる事と想像します。

あなたはどこかに居る、あなたはふと気がふさぎ始める、あなたの瞳は深く据ってきてじっと遠いところを見つめる、まるで百万里もさきの事をうかがおうと云う様に。あなたは首をすこしかたむける。

何となくあなたの心は涙ぐむ、さびしさがけぶる、「どうしたのだろう、妾は何をぼんやりして居るのだろう、どうしてこんな風になるんだろう」とあなたは考える。しばらくするとあなたは笑って「何でもないんだわ、陽気の故なのよ、ま、お茶でものみましょう」とふたたび元にかえる。

ただそれっきりなのだ、あなたはその時、私と云う事の微塵すらも感じないのでしょう。

しかるにあなたのその瞬間に、私ははっきりとあなたの耳にささやいて居るのです。はっきりとあなたの霊に物語って居るのです、だからもしその時あなたがふと新聞紙でも手にして居て「村」と云う字と「山」と云う字とを偶然一所に眼に入れでもすれば、あなたははっきりとその「妙な気分」の全幅の意味をさとる事でしょう、「村山」と云う男の事があなたの心にけむりの如くひろがるでしょう。

お玉さんあまりに是等の空想のうぬぼれめいて居る事を許して下さい。

けれども私はこんなスピリチュアリストめいた考を抱く程に真に深く真に強くあなたを思って居るのです。

命をあげてあなたを思って居るのです、

私は時としてびっくりするのです、自分自身にびっくりするのです、「そんなに、お前はあの女を思って居るのかね、そりゃまあほんとかね」と私は真顔になって自身に何度たずねたことでしょう、しかしそれは絶対にほんとなのでした、あなたは私の水です、塩です、天です、地です。

お玉さんあなたが無くては私は生きて居られなかったのです、是程の思いを私が持って居ながらいや私の全部をこめてほとばしるこの思いが、お玉さんあなたに毛程の反応をも示さないと云う事を私が信じられましょうか。そんな残酷な断定の元に自分の恋を持って一時でも生きて居られましょうか。

私はこの思いが単にあなたに達したと云う事だけでも信じなければならないのです、それでなくては生きて居られないのです。

悲劇役者が最も悲劇的に演じたる自分の印象が観客を泣かせるかわりに大笑さした場合の悲哀とさびしさは耐えがたい物でしょう、しかしながらそれとても一人の観客もない劇場を持って居るよりは幸福なのです、生きて居る事はすくなくとも出来るのです。

その故にお玉さん、私に言わして下さい、この言葉を認容して下さい。

「あなたは絶えず、いまでも私を感じて居るのです、私があなたの事を思う時は、あなたはどこに居ても、どんな時にでも、やはり私の事を心に思い起すのだろう」と。

いやいや、これは言うまでもない事なのです、どうしてあなたが私の事を感じずに居ら

れましょう、
私の幽霊を見ずにすまされましょう。

あなたはそれどころか絶えまなき苛責を私について感じて居るのかも知れません。

その苛責を私はあなたに強めてあげたいのです、かき立てたいのです。

お玉さん。

私は今年の春あなたの結婚の事をききました。

その時たしか二三人の友人がそばに居た様に思いました、あなたの結婚の報告を私はかなり平然とききました、そして大きな声で笑ったと思います、それにつれて二三人の友人も何か戯談を言いながら、しばらくにぎやかに笑いくずれました、しかしその笑いがしずまったあとの私の心の中はどんな色をして居たとお思いですか、この笑いは美しくよそおった宝石にかざられた、らくだの列、豪華なアラビヤの隊商の列でした、その過ぎ去ったあとには、やっぱり茫漠たる荒れすさびた砂漠がのこったのです、この砂漠のさびしさは耐えがたい物ではありませんか、私はなぜ笑ったかと思いました。隊商をとおしたあとは以前よりさらにさびしくなるにきまって居るのです、私は灰色の沈黙に落ちました、恐らくその時、すこしでも私を観察した人があったならば、この世にまれなる程の絶望の影と云うよりむしろ他界の影が私の心にふりさがって居るのを一見して見てとれたのでしょう。しかしだれもこの報知が私をいささかでもかなしませると思う人は居ませんでした、私があなたの事をあまり口にしなくなってから、かなり久しいあとの事でもあり且人々は、私のあなたに対する恋なる物を正気の沙汰とは思って居ない様でした、誰も戯談としてのAffairと扱かって居たのです。

それに私の思い切って下品な嘲笑的な戯口が私の悲哀をごまかすのに充分でありました、しかし私は自分自身をごまかす事は思いもしませんでした、私のいささかなりとものこって居た「幸福の燭」はその刹那にむざむざと吹き消されてしまったのです。私はそのあと独りぼっちになって、あなたをつくづくと考えてみた事をおぼえて居ます、あなたの結婚と云う事は本質的には私の感情に向って何の価格も持って居ないわけなのです、失恋はすでにその以前に定まって居た事実なのですもの。私はあなたから全然レヒューズされて居る男なんですもの、そのあなたの一つの行動が私の感情に何の義務と責任とを持ちましょう、私はそんな風にまずこの事を考え込んでしまおうと努めました処が私は泣けて来ました、私の眼は涙でかくれてしまいました、「意気地のない奴め、何の理由がお前を泣かせるのか」

と私は自分にたずねました。

「もしお前が泣くとすればそれはお前があの女にレヒューズされた、あの時がその時だったのだ、その時に泣きつくして涙を涸らしつくさなければならなかったのだ、そのあとの機会でお前はもう泣く権利はないのだ」と私はどなりました、しかし涙はやはり流れました、私はまったく俄にしょげてしまいました。

ああお玉さん、あなたはそのすこしまえ私の友人に私の事を二三度尋ねて下すったそうですね、あなたはなぜそんな事をなすったのです、そう云った事がどれだけ私のお目出たさを浮からした事でしょう、そしてそう云った事があなたの結婚と云う事から生じた私の幻滅をどれだけ深いものにしたでしょう、この弱音を私は心からあなたにうったえます。

私はせめて合理的にでもあなたに勝とうとしました、しかしそれは徒労でした、且自分で思い切りました、私はあなたに負け、あなたにふみにじられても好いのです。

そこに一すじの蜘蛛の糸めいた幸福がのこって居るのです、あなたにふみにじられて居ると云う事に私はまだ生きて居られると云う幸福があるのです、もし私があなたと戦おうと云う意志を持てば生きて居られないのです。

お玉さん、私は吹き消された、「幸福の燭台」を前にしていかに長く闇の中に坐って居た事でしょう、
今でもその闇はつづき私の沈思はつづいて居ると云う事を知って下さい、
そして私がやはり全部の私をあげて暗の中より私の「燭」を吹き消したあなたの息をあなたの美しい唇をあなたの喉を、あなたの血を思っても身ぶるいするその肉体をその霊を垣間でも見ようとひたすらに念じて居る者である事を知って下さい。

私はあなたの結婚の事をきいて一月もたたない内に恐ろしい運命に立すくみました、私

は肺炎に襲われました、全身のつかれなやみたる血は、肺のやぶれ目をこじあけて数千の火蛇の如く外へのがれ出ました。
数回の喀血は私を半ば死神の穴ぐらへひっぱり落しました、がまた私は生の力をとりもどしました、
まる九箇月の後やっとほぼ私は旧態にかえったのです、
この失恋者はまたかた書きを一つ加えたのです、肺病人と云うかた書きを。
お玉さん、あなたはこの私の言葉をきいて何か、あなたの結婚が私の肺病をみちびいた様にお考えになりませんか。
そんな事は大した誤りですよ、私はそんな風に考えられる事を最も恐れます。
それのみか私があの恐ろしい病気のクライマックスに達して居ながらまた回復し得たと云うのはやはり、あなたと云う物があったからだと思って居るのです、あなたに対する愛が私の肉体に生の力をかぎりなく生かして呉れたからだと思って居るのです、お玉さん。
私にとってあなたは命のすくい主です、私の生活は、あなたに対する愛によってささえられて居るのです、私はいつまでもあなたを愛しなくてはなりません、それを許して下さい、
あなたの結婚は幸福ですか、いやこの問いは愚かです、あなたのそばにどうして不幸があり得ましょう、ああ、この事を考えると私は嵐の中をとばされる様です、ねたましさは

私の全身をやきます。

私の闇はますます深いばかりです。

ああしかし何のためにこの闇がのろいえましょう、あなたはわが太陽です、燈です。

私のねがう所はただあなたの幸福です、明るさです、私は私の闇を、さらに、さらに暗くしましょう。

あなたの明るさを、さらに、さらに明るくするために。

お玉さん、もう私はこれでよします、もしよさないと私は死ぬまで書きつづける事になりましょうから。

どうか、どうかさきに申した様に、この私から光への消息が、私の思いがせめてあなたに達するだけは達する様に。

是は神さまにいのるのです。ではごきげんよう。

あなたの暗なる
槐多より

お玉さま

〔一九一八年作〕

大正八年

一月一日　晴

午前九時山崎氏今関氏と共に清水賞太郎氏方に年賀す。それから小杉未醒氏方に至る。白石に会し山本鼎氏方へゆく、今関と別れ白石、余、山崎は池ノ端カフェに呑み共に代々木にかえる、道にてさちよさんのカフェに又呑む。夕方白石かえりたる後杉村、余、山崎は代々木の新亭やはた館に小宴をはる、中途にして風雨起り身を以ってのがれかえる。

一月二日

午前杉村、山崎、余と美術院新年会にのぞむ。白石を加えて浅草に至り午後をカフェ・ブラジルに消す、杉村大酔してビールをわる。

夜、駒形劇場に清水金太郎等の歌劇をみて後かえれり。

一月三日

午前散歩お松ちゃん山崎にキャラメルをやる。

内藤氏来る午食をやはた館にとりて遂に酔を発し夕刻に至る。おさはちゃんの茶店にたこを上げたるに空中はるかとびされり。

夜は雑談の内に終り内藤氏泊す。

一月四日

朝、たこ羽子板に時をついやす。

午食後再び羽根、トランプ等をなす。

夕食後ことぶき亭に至れどさちよさん居ず、即ち座をお染ちゃんのカフェに移し杉村の神田に使するを待ち九時半同店を発して京王電車にて府中に至る。

一月五日

宿を出で多摩川をわたりて日野に至る、日野にて、昼めし後かえる、汽車にて国分寺に至りそれより府中に出でて電車なり。夜無事内藤氏泊る。

一月六日

朝山崎と美術院へ行く、余は山本鼎氏方により紙をととのえなどして後至れり、午前のモデルの顔はよしとしても肉のまずき女なり、小柳、荒井、白井君来る、午後おかづさんモデルに来り、我素描の第一筆をなせり、終りて同行六人浅草に至りカフェ・ブラジルにうたい呑む、おかづさん呑めり、出でて東京軒にビールをのめば、すでに夜たけたり。わかれてかえる新宿より歩したり。

一月七日

朝、山本をさそい美術院へ行く、昨夜の連中あつまり午後仕事終りし後また浅草に至りカフェ・ブラジルに痛飲しやや乱る、山崎と二人すなわち連中をまき吉原に至り再び浅草より神田によりポーリスタに宮崎氏ののろけをきけり。

一月八日

朝、美術院

モデルのわがままわが画をこわしさりたり、小山氏来る。

夕方連中代々木に向いわれ牛込に一寸より直に後を追う。お染ちゃんのカフェに呑みそれより浅草にゆき谷崎式放浪の事あり、すしを食いかえる、車中女優とたわむる。もう死にたくなった。

村山槐多の詩と絵画

解説

酒井忠康

村山槐多（一八九六―一九一九）が、二十二歳と五ヵ月で亡くなって、まもなく九十年になろうとしている。それなのに槐多の詩と絵画には、時の経過を微塵も感じさせない新鮮さと爽やかさを印象づけるものがある。これはおそらく槐多の詩と絵画が、その発生において自分自身の創造の源泉からほとばしり出ているところに起因しているからであろう。

といってもまったく借り物の衣裳を着ていなかったといっているのではない。自分自身の創造の源泉に、いささか無謀とも思える行為のなかで、遮二無二《しゃにむに》、突っ込んでいった感情のたかまりと、それを穏やかなものとすべく躍起となった知性のはたらきが、まさに槐多において、独自のかたちで蒸留されたからこその詩であり絵画となったのではないか、そんな思いにも駆られる。異様な輝きあるいは稀なる魅力を槐多の詩と絵画にみるとすれば（すなわちその誕生の理由を知りたいと思えば）、とにもかくにもまず槐多の短い生の不思議に、そのことをたずねてみる以外に手立てはないといっていい。

槐多の詩と絵画といっても、仕上げのよしあしからすれば、当然、いまだしの感をまぬかれないものばかりである。別の言い方をすれば、槐多にとっては自分に見合った衣裳の設計が間に合わなかったのである。たえず予感のなかで脅かすのが、そもそも宿命なのだとすれば、手っ取り早い話、槐多はすべての面において（もちろん精神的にも肉体的にも）裸のままに生きるほかなかったからである。

だから時代の一隅を、嵐のなかで哮《たけ》り狂ったように、その野生的ともおぼしき詩魂の光を放って、彼は疾走した。そして燃え尽きたのである。

世人は夭折とか天才の衣裳を着せたが、これはいわば「槐多像」の永遠を願った一種の神話作用と考えていい。悲劇的な生の相貌が絡んで芸術的価値（仕事の成果）を度外視してしまう弊を招くことにもなったが、しかし、芸術と人生とを混同する、この「美しき誤解」は、独り槐多に帰せられるべきものではなく、近代日本の芸術それ自体の、人生や生活から独立する力に欠けた証拠でもあった。

その意味で村山槐多を、この「美しき誤解」からまず解き放さなければならない。その上でわたしはいいたい。槐多だけは、正直、掛け値なしの天才児であった——と。本書を手にされる読者の多くも、おそらく、この早熟の天才児には度肝を抜かれるのではないかと思う。それはまだ十代半ばの槐多である。

資質に恵まれた天与の才能は、しばしば、感受性のするどい人たちを釘付けにしてきた。その一例が詩人草野心平氏と槐多の遺稿集『槐多の歌へる』（アルス、一九二〇年）との出遭いである。草野氏は『村山槐多』（日動出版部、一九七六年）のなかで「一読、その言葉とスタイルの斬新さに瞠目した」と書いた。そして槐多の詩歌のなかに、色彩の豊かさを発見して、詩人であることと画家であることの、この「二つの可能性を先天的に一身の内に持っていた稀有な存在だった」——と槐多を見定め（天与の才能を評価し）、槐多の生きざまをそこに重ね合わせて次のように述べている。

「槐多芸術の主体は少なくとも中学時代は文学（詩、短歌、戯曲、小説）であり、中学時代の最後期からその死までは絵が槐多芸術の主体であり、詩は画家としての彼自身を叱咤する鞭になったり、画家として、また生活者として槐多自身の辛い告白に変って行った」と。

いかにも詩人らしい人の分析であり要約である。たしかに槐多においては詩と絵画を分離して考えるわけにはいかない。制作の時期にしても然りである。だから「詩は画家としての彼自身を叱咤する鞭になった」というのは、蓋《けだ》しその通りのことでもあった。要するに槐多の詩が絵画に変貌する秘密がそこに隠されているということである。

いくつかの絵（わたしの好みに従っているが）を以下にあげてみる――たとえば槐多の内なる声としての詩の熱気を、絵画の約束に従わせて描いた《庭園の少女》（一九一四年）や《カンナと少女》（一九一五年）などの魅力に富んだ初期の水彩画は、そうした槐多の感情の起伏を平らかなものとすることで生まれた作例である。鋭い直感と知性が木炭画の数々の自画像や鑿の痕を思わせる人物像ないし巨木の枝の折れた《欅》（一九一七年）を描かせているが、これらは徹底した自己管理の産物だったと思える。物語的な文学の才能も桁違いだった槐多は、結構、エドガー・アラン・ポーの奇想に充ちた作風を真似て戯曲や小説にまで手を染めているが、それがまた原始主義とアニマリズムを謳歌した槐多の宗教的感情に混じって、自刻像のごとき《尿《いばり》する裸僧》（一九一五年）や《のらくら者》（一九一六年）となり、他方、浪漫的余情に流れて《天平の村》（一九一七年頃）のような作品に結実した――と。

一見すると絵筆の隙間からは、まだ冷めやらない詩の熱気がつたわってくるものばかりだ。が、しかし、何か幽寂とした不思議な静かさが潜んでいることを感じさせる。そうなると絵の印象もがらりと変わってくる。恐ろしいばかりの意志の力で槐多は自らのあふれるばかりの詩魂の氾濫を制しているのを知ることになるからである。思惟の手をそこにみるといってもいい。

しかし、どうだろう。詩の熱気を冷ますことがすなわち槐多の絵となったのではない。

『槐多の歌へる其後』函
（大10・4 アルス）

『槐多の歌へる』表紙
（大9・6 アルス）

『村山槐多全集』カバー
（昭38・10 弥生書房）

『槐多画集』表紙
（大10・11 アルス）

村山槐多（大正7年 22歳）

本当のところは互いに闘いの槍を突きつけたところに、槐多の詩と絵画の誕生があったと解したい。

話のはこびが、少々、急ぎ過ぎた感がある。槐多のこうした詩と絵画の行き来のなかには、血と太陽と色彩に対する槐多の讃美の念が燃えていて、後年、高村光太郎の詩（「村山槐多」一九三五年）のなかで、「火だるま槐多」と呼ばれたように、真っ赤に染まった槐多の原像をみることになる。それはすでに十代半ばにつくられていたものだったのだ（極端な言い方をすれば十二、三歳の頃から始まっている）。

血染めのラツパ吹き鳴らせ
耽美の風は濃く薄く
われらが胸にせまるなり
五月末日日は赤く
焦げてめぐれりなつかしく
ああされば
血染めのラツパ吹き鳴らせ

われらは武装を終へたれば。

これは「血染めのラッパ吹き鳴らせ」の一行で広く知られる「四月短章」と題した詩の四章目である。詩人が絵筆を握って通りに立ち、人々に、あるいは宇宙にでも語りかけているかのようなスケールの大きな印象をあたえる。槐多のその後を暗示する象徴的な十七歳のときの詩だが、一個の血染めの「槐多像」がそこに立っている。血はさらに強調された。同時期に書かれた「充血」という詩はもっとリアルである。

充血せる君　鬼薊
金と朱の日のうれしさよ
わめきうたへる街中に
金箔をぬるうれしさよ

派手に派手に血を充たせ
君が面に赤き血を
たとへ赤鬼の如く見ゆるとも
ひたすらに充血せよ

この二つの詩を読むと、すでにもう槐多が槐多になっているような、そんな印象をもってしまう。実際は十七歳の槐多である。だからこれらの詩を読んだときのわたしの驚きは半端なものではなかったが、早熟の天才というのは、普通の意味での成長の過程ではとらえきれない、それは一種の飛躍なのだ――と思った。

画家の絵筆は、詩人の詩を封印する。しかし血痕が絵から滲み出る――あるいは暗い闇のなかをうろつく詩人が、燃えるような鮮烈な色彩（赤い色や血の色）に遭遇する、その瞬間に、彼は（いつの間にか）画家に変身している――というように、やがて、こうした連想のなかをいったりきたりする槐多の姿を想像させる。

すでにして一個の血染めの「槐多像」が、詩の言葉に隠れて存在しているからである。わたしは「衣裳の設計が間に合わなかった」槐多――といったが、これはほかでもなく、自前の詩の形式（あるいは絵画の様式）をつくる以前に槐多が世を去ったことを比喩的に語ったものだ。詩人西脇順三郎の『詩学』（筑摩書房、一九六八年）に借りると、「詩」というものは内面的な意味と外面的な意味とに分けられ、前者を「ポエジイ」と呼びたいと書いている。

槐多の場合は外面的な意味での詩の形式というよりは、むしろ内面的な意味での「ポエジイ」に近い。詩の形式は「新しい関係」の発見を目指すが、しかし「ポエジイ」のほうは（といっても渾然としていて判別できるものではないが）、その「新しい関係」の誕生を心から喜ぶ感情である――というふうにもこの詩人は説明するが、確かに驚きの感情や感応の体験に直にかかわろうとしたのが槐多の詩だ。詩の形式は「新しい関係」をもとめて時代の衣裳を着替えるけれども、槐多の詩は「ポエジイ」の言葉の響きのなかにあるといっていい。

その意味で槐多の詩の新鮮さや爽やかさの秘密が「ポエジイ」に関係していたことは間違いではない。槐多の絵もまた然り。つまり新思潮の流派などに例を取りがちな絵画の様式で縛ることができないからだ（ちょっと短絡に過ぎるけれども）。

さて、十代半ばの槐多にもどらなければならない。槐多は回覧雑誌（水彩画や詩を藁半紙に貼り付け、ボール紙を表紙にして紐で綴じた）を次々に出して、詩、短歌、小説、戯曲などを書いている。渡仏した山本鼎（従兄）にデッサン、水彩画、版画、ポスターなどを送って、絵画の道へ踏み出す準備をしている。そうかと思うとボードレール、ランボー、マラルメ、ポーなどに心酔し、また一級下の美少年を追い回している。放浪の旅にも出たりしている。

友人の紹介で三田派の詩人竹友藻風の家を訪ねて、文学・美術談義に費やしているのも十七歳のときだが、京都府立第一中学の校内美術展にも出品し、ヨーロッパの前衛絵画に興味を抱いて、水彩画で唐紙に描いたというのはその頃のことだ。
槐多は本格的な画家への道を素手でこじ開けるようにして進んでいる。東京へ出るのは一九一四（大正三）年のことであった。

中学を終えた槐多は、父（谷助）が農学関係へ進むことを主張したために、父との間が険悪化する。しかし槐多を激励したのは山本鼎であった。鼎はすでにパリから自分の両親に宛てた手紙で、槐多の父の頑迷さには手を焼いているが、槐多には何とかして画家の道に進ませたいと訴えている。将来、自分などは到底かないそうもない画家に成長するに違いなく、親友の小杉未醒が帰国したら槐多を託したいと思っているし、美術学校の費用だって負担してもかまわない——とまで書いている。

別の手紙には「槐多も天才はあるが、少し狂的な処があるから、教導者はなかなか骨が折れませう。どうか円満に発達させたいものです」とある。「彼の少年は悍馬だ、君ならば或は御せるかも知れない」ということで、鼎から槐多を任された小杉未醒は、槐多を「御さうとは思はなかつた」し、槐多との間には「不愉快な回想がない」（『槐多の歌へる』跋文「槐多君を憶ふ」）と述べている。

槐多は上京の途中に信州大屋の山本家に立ち寄っている。その後、田端の小杉未醒邸を訪ねることになる。下宿は小杉邸内の離れの小舎であった。画学生の水木伸一との共同生活となり、早々に日本美術院の研究会員となっている。

小遣い稼ぎの稿料が入ると夜の街に繰り出す槐多であったが、上京直前にも絵馬堂を美術館に見立てる一文を新聞に投稿し、また「京都絵画の特徴」などという「論文」を書くというように、この頃までは結構ペンを走らせている。水木と同郷（松山）で、十代後半の柳瀬正夢がやってくると、槐多がしきりに追い回して困った——と、水木はこぼしているが（草野心平『村山槐多』）、槐多は遊び興じるだけではなく、田中屋（京橋）での梅原龍三郎の個展をみて感動し、高村光太郎の工房などにも出入りしていた節がある。

秋の第一回二科展に水彩画四点を出品して入選を果たし、その内の《庭園の少女》は『みづゑ』（十一月号）に掲載された。上京して間のない画家の卵は、翌一九一五（大正四）年春の第一回日本美術院習作展にも《六本手のある女の踊り》ほか油絵数点を出品するまでになっている。この年、未完に終わった大作の構想もあったようだが、何といっても圧巻は油絵で描いた《尿する裸僧》であった。

この年五月の「日記」には、槐多の高揚をものがたる実に興味深い記述がある。夏目漱石の『坊っちゃん』（一九〇六年）を読んだ五月十八日に、「俺の下落」を切に感じて「光輝ある天才の道を創始しよう／自ら自己を軽蔑した汝よ汝は恥じよ／汝はまず汝を天才だと確信しろ」と書き、二十二日にはイタリア美術への憧憬というより、自己顕示の「ジオットよジオットよジオットよ／君夢にも思わなかったろう、君の後へ東洋の貧国から村山槐多と云う大芸術家が出現しようとは」とある。二十七日には岸田劉生の個展をみて、なかなか堂に入った作品評のあとに「俺は君を尊敬する、しかしながら決して君の弟子にはならない」と記している。自分の依って立つ位置の自覚があったということであろうが、秋の旗揚げとなる「草土社」の仲間には加わらないといったところなのであろう。

とにかく十月の第二回再興日本美術院展（洋画部）に《カンナと少女》を出品して院賞を手にして、ようやく「槐多劇場」の幕開けとなった。

十月半ばから十一月初めまで（院展の開催中にもかかわらず）、槐多は東京を離れている。信州大屋の山本家に滞在して絵に専念することを決意。その間のことを記した『信州日記―製作と思考』には、五十枚の木炭画を描く目標を掲げているが、滞在中に小説「魔猿伝」を書き上げて『武俠世界』に送ったことも記している。怪奇幻想の世界と長閑な信州の自然との奇妙な取り合わせを感じさせる槐多の行状であるが、しかし東京にもどって再び乱雑なくらしに転換してしまう。いかにも槐多らしいという感を抱かせるが、いずれにせよ小杉未醒のもとには、一九一六（大正五）年の春まで厄介になっている。そこを出てから槐多は「おばさん」の家と称した根津裏通りの二階家一間に移っている。

その後の槐多は、放浪と女と酒のなかに身を置き、露骨で無頓着で、詩人的な企画と劇的な表現行為のなかで絵を描いて、一九一九（大正八）年、弱冠二十二歳の生涯を終えるのである。

第一回二科展で注目された水彩画を描いた一九一四年から始まった「槐多劇場」は、僅

《カンナと少女》(1915年 紙 水彩 90.5×60.3cm 個人蔵)

か四年半で幕を降ろしたということになる。

《庭園の少女》や《カンナと少女》をみる限り、確かに底知れない才能を予感させるものがある。暗闇のなかを疾走する「悍馬」の印象ではない。遠いみしらぬ路地裏へでもつれ込まれるような、不安とギラギラした観念への離陸もない。槐多の視界のなかで一切の興奮が凍結して、何か聖なる光彩のおとずれを俟《ま》っている瞬間の印象である。

しかし、自己のアイデンティティを獲得するこころみが、槐多の内部に亀裂を生んで、透明な輝きのなかに隠れるようにしてあった抒情の詩が、赤い炎を上げて炸裂する。一種の狂気が鋭い牙をむくのは、そのときである。この変貌＝造化の不思議こそ「天才」に固有の現象といえるかもしれない。

槐多の千余枚に及ぶ遺稿を集めた『槐多の歌へる』の広告の載った『著作評論』の同じ号（一九二〇年八月号）で、有島武郎は次のように槐多を評した。

「少しばかりのエネルギーを、火を、使ひへらさない為めに、小さな美しい牢獄に閉ぢこもつて、完全であり得た人はないではなかつた。凡てを焼尽してもなほ悔ひないまでに、自己を延ばし延ばした槐多氏の如きは、わが芸術界に於て稀有なことだといへると思ふ。あれだけの生得の良心と、あれだけの大胆な冒険力とを兼ね備へた人は珍らしい。彼れは彼れ自身に於て完全に新しい生活の型を創立した」と。

この「新しい生活の型」というのは、煎じ詰めれば、きわめて直截的に自己の精神や肉体と結びつく思考を誘発した槐多に固有の「生の形象」と解していい。広い意味では人間についての問いに関連し、心のなかの「社会のかたち」が、どういう具合なのかを問うているのだが、いずれにせよ槐多への温かいまなざしを感じさせる一文である。最後に槐多の「宮殿指示」という詩を引いて、『槐多の歌へる』というのは、その「記念的宮殿」なのだと記している。有島の書斎の壁には久しく《カンナと少女》がかかっていたという。

みなさま御覧なされ
私の指す方を

金、硝子、玉、銀、鉄、銅、大理石
あらゆる輝く物が摑み合つて叫び合ふ
赤熱したオベリスクだ
かつと、ごちやごちやと空に棒立つ
あれがすばらしい御殿だ、体積十億立方米

総体の色が紫だ

日が降ると血がかる

総体が一つの楽器だ
絶えずうめき鳴りきしめく
柱に、天井に、床に、それぞれ楽器が埋めてある
絶えないオルケストーラ
耳をすまして御覧なされ

総体が一つの香料だ
椅子も玉座も玄関も屋根も皆にほふ
蜜蜂が数万御殿へ日毎に集まつて狂ひ死ぬ
こゝからその有様は見えますまいて
だがにほひはつたはりませうがな

ところがこのすばらしい宮殿には
たつた王様がひとりぼつちでお住まひだ

みな様御覧なされ
王様が窓から見える
黄金のパレットを手にして
画を描いて居られる

みなさま土下座をなされたい
王様がお出ましだ

王様は是から浅草へ行幸だ
泡盛を呑みに。

この詩を草野氏は、槐多のなかの傑作の一つに数えて「いかにも槐多らしい色彩と音感のボキャブラリーがひしめき合い、それは槐多が歌っているようにオーケストラ状の盛り上がりを示し乍ら、全体の構成も見事である」（『村山槐多』）と書いている。そしてこう付け加えている。「唯我独尊の王がデンとしてい、そのデンたる王が、これから浅草に泡盛を飲みに出掛けるという（略）――この最後の二行の、それこそ素ッ裸の槐多自身の告白に微笑なり、ユーモアなりを感じない、そんな臍曲りはいないだろう」と。草野氏は

「このガクッとした」槐多のデフォルメの上手さといっているが、ある意味でそれは槐多の思索のダイナミズムと直結しているのではないかとわたしは思う。実にあっけらかんとしていて、まるで槐多の詩のことばの背骨をみせられているような印象でもある。

この詩の後に十印をつけた二つの詩章がつづいている（註）。後の詩章の最後で槐多は「ばかばか、ばか／と云っても空は晴れない／私の心の空は。」と、自己の命運の不吉な影を吹き飛ばすかのような、ある種の断念の思いと受けとれそうな詩句で締めくくっている。

「宮殿指示」あるいはこの「ばかばか、ばか」の詩句を読みながら（声を出して）、わたしのなかには詩と絵画の行き来のなかの槐多について、さて――本当のところはどうなのだろうという思いと、人間・槐多への懐かしさの感情が湧いて、不思議なことに槐多が近づいてくるような気がした。

註＝もともとアルス版『槐多の歌へる』の「例言」には「詩は無題が多く×印を附しておいた」とある。底本にした弥生書房版『村山槐多全集』でも無題のまま十印に変えている。いかにも連続した詩章であるかのような印象をあたえるけれども一つの詩であるか別々なのかは判然としない。

年譜

村山槐多

一八九六年（明治二九年）
九月一五日、村山谷助、たまの長男として神奈川県横浜市神奈川町に生まれる。尋常高等小学校の訓導（教諭）であった父谷助は山形県の出身。母たまが森鷗外宅に奉公していた関係で、二人の結婚は鷗外の紹介であった。

一八九七年（明治三〇年）　一歳
谷助の高知県尋常中学海南学校（現高知県立高知小津高校）地誌科教員としての赴任に伴い、高知県土佐郡小高坂村四一五番屋敷に住む。

一八九九年（明治三二年）　三歳
五月、弟桂次生まれる。

一九〇〇年（明治三三年）　四歳
五月、谷助の京都府立第一中学校（現京都府立洛北高校）地理・歴史教諭としての赴任に伴い、一家は京都市上京区寺町通荒神口上ル宮垣町五八番地に住む。

一九〇三年（明治三六年）　七歳
三月、銅駝保育所を卒園。四月、京都市立春日尋常小学校に入学。入学してまもなく京都市上京区寺町通今出川上ル五丁目西入ル桜木町一番地（塔の段桜木町）に転居する。六月、京都府師範学校附属小学校（現京都教育大学附属京都小学校）に転校。自宅から一里（約三・九キロ）ほどの道を徒歩で通学する。
一九〇五年（明治三八年）　九歳
父に岩絵具、色鉛筆、帳面などを買ってもらい、この頃から絵を描く。一〇月、谷助の母なを与死去（山形県飽海郡酒田町）。
一九〇七年（明治四〇年）　一一歳
三月、京都府師範学校附属小学校初等科を卒業。成績はきわめて優秀。四月、同小学校高等科入学。この頃、絵画や文学への関心を持つ。また、担任の教諭から自由放任主義の影響を受ける。
一九〇八年（明治四一年）　一二歳
夏休みに府立一中、府立五中合同の三重県津海岸での臨海学校を引率する谷助に家族で同行。遠泳五〇町（約五・五キロ）の試験に合格する。このときの模様を『磯日記』に著わす。外国の冒険小説を耽読。
一九〇九年（明治四二年）　一三歳
森鷗外の子息於菟へ年賀状を書く（於菟宛の書簡は五通確認されている）。三月、京都府師範学校附属小学校高等科を卒業。四月、府立第一中学に入学（この時父は府立五中に転任していた）。一一月、視察旅行で京都に立ち寄った森鷗外を京都駅に父と迎え、宿泊先の俵屋へ母と訪れる。この頃、鷗外や夏目漱石の著作を読破。上田敏『海潮音』の影響を受ける。
一九一〇年（明治四三年）　一四歳
七月、従兄の山本鼎が村山家に数日滞在。近郊への写生に槐多も同行。鼎から油絵具一式をあたえられ、絵の道へ進むように勧められる。鼎を通じて「パンの会」などの自由な精神に触れる。八月、府立一中の津での臨海学校で、水練伊勢観海流奥伝五里免許を受ける。
一九一一年（明治四四年）　一五歳
学友とともに「毒刃社」というグループをつくり、回覧雑誌『強盗』を発行。続いて『空の間』『魔羅』『銅貨』『孔雀石』『アルカロイド』『青色廃園』『新生』などの回覧雑誌をつくる。村山濁水、村山石塊の筆名で文章を載せる。雑誌は水彩画、詩などを藁半紙に直接貼り付け、ボール紙を表紙にして紐で綴じたもの。一人で一冊分書くこともあった。現存する中学時代の詩、短歌、小説、戯曲の大半は、これらの回覧雑誌に掲載されたもの。一家は今出川通寺町西入ル大原口町に住む。一〇月、比叡山に登る。

一九一二年（明治四五年・大正元年）　一六歳

渡仏した山本鼎（一九一六年一二月帰国）のもとに、デッサン、水彩画、版画、ポスターなどを頻繁に送る。小杉未醒（のち放庵）は鼎の下宿で槐多の作品を初めてみる。八月、奈良東大寺界隈まで放浪の旅。通りがかりの警官にひろわれ、翌朝汽車賃をもらって京都に帰る。ことの経緯を書いた小説『警察宿り』は村山石塊の名前で回覧雑誌に掲載。一〇月、東京、江ノ島方面に修学旅行。この頃、英語のできる生徒を集めて新任のアメリカ人教師が自宅で開くパーティにときどき出席。ボードレール、ランボー、マラルメ、エドガー・アラン・ポーなどに心酔。一級下の稲生燦に恋し、この美少年の住んでいた神楽岡周辺を徘徊。グロテスクな仮面をかぶり、オカリナを吹いたりして酔狂を演じる。この年、山本二郎らの学友と、京都の青年会館で吉井勇作「河内屋与兵衛」を上演し、舞台背景を担当する。

一九一三年（大正二年）　一七歳

この頃、山本二郎の紹介で三田派の詩人竹友藻風の家を訪ね、以後頻繁に通って文学談義。五月、一中講堂で開かれた弁論大会に出場。「個人の発展」と題して「偉大なる人は自己の所信を断行せる人也」というニーチェの思想に言及。夏休みに、長野県小県郡神川村大屋（現上田市大屋）で医院開業の伯父山本一郎（鼎の父）の家に遊ぶ。一〇月、中国、四国、九州方面へ貨物船を借り切っての修学旅行に参加。宮島でスケッチをし、大分では耶馬渓羅漢寺に登る。一一月、妹有子生まれる。図画担当教師加藤卓爾の提案で、一中校内で開催された「図画展覧会」に《素画》《農家の横》《九月の野》《王子》《春》《千曲河原》他三作品を出品。小説『鉄の童子』を書く。一二月、木版画一点が『学友会誌』（二二号）の表紙絵となる。この頃、木版画、コマ絵などの制作をする。立体派や未来派などヨーロッパ前衛絵画の影響を受け、水彩画で唐紙に描く。

一九一四年（大正三年）　一八歳

三月、京都府立第一中学校を卒業。戯曲『酒顚童子』を書き始める。画家となるため上京を決意するが、父谷助は反対。パリ滞在中の山本鼎から、谷助を説得する手紙がきて槐多を激励、上京の際には小杉未醒を頼ることを記していた。京都を離れ東京に赴く途中、山本一郎宅に滞在（五月一日―六月二四日）。滞在中、眼を悪くして医者にかかり、失明を心配。五月、『大阪朝日新聞』（京都付録版）に投稿した「絵馬堂を仰ぎて」が掲載され、各神社に絵馬堂を建てて美術館とし、日本画に限らず、油彩、水彩、彫刻を展観するのがよいと提案。同月、論文「京都絵画の特徴」を書く。六月、小杉未醒から下宿の了承を得て上京。七月、未醒が邸内に建てた借家（東京府北豊島郡滝野川村田端一五五）に下宿し、画学生の水木伸一と共同生活。「梅原龍三郎展」（京橋・田中屋）をみて感動。この頃、高村光太郎の工房に出入りする。八月、雑誌『武俠世界』主催の日光、足尾方面の旅行に参加。柳瀬正夢との交友が始まる。九月、日本美術院の研究会員となる。一〇月、第一回二科展に水彩画《庭園の少女》《植物園の木》《田端の崖》《川沿いの道》を出品。

《庭園の少女》が『みづゑ』（一一月号）に掲載。二科展出品の内一点が横山大観に購入され、その代金で房州館山を旅行。

一九一五年（大正四年）　一九歳

三月、第一回日本美術院習作展に《六本手のある女の踊り》他油絵数点を出品。五月、田端のポプラ・クラブでテニスに興じる。大作《女子等と癩者》を構想。「岸田劉生展」（京橋・田中屋）をみて感動。一〇月、第二回再興日本美術院展に《カンナと少女》を出品し、美術院賞を受賞。山本一郎宅に滞在し、『信州日記―製作と思考』（一〇月一四日―三〇日）を遺す。日記には五〇枚の木炭画を描く計画を記す。滞在中、小説『魔猿伝』を書き上げ、『武侠世界』に送る。一一月、家族が京都から東京に転居。牛込区（現新宿区）神楽町二丁目二二番地に住む。

一九一六年（大正五年）　二〇歳

春、小杉の家を出て槐多が名づけた「おばさん」の家（根津裏通りの二階屋）に下宿。四月、第二回日本美術院習作展に素描四点を出品。モデル嬢の「お玉（珠）さん」に恋をしてモデルを懇望する手紙を毎日のように出す。成就しないので彼女を追って日本堤（台東区）に下宿を移すが、失恋して下宿を引払う。六月、徴兵検査のため本籍地の愛知県岡崎へ徒歩で向かう。途中、飛騨山中を放浪し、天竜峡を経て岡崎に至る。強度の近視で丙種合格。七月、画友山崎省三の旅先大島を訪ねる。《差木地村ポンプ庫》《大島の水汲み女》などを制作し、八月末まで滞在。九月、山崎省三と根津八重垣町に下宿。第三回再興日本美術院展に《猿と女》を搬入して落選。日本美術院研究所に通いながら両国の焼絵工場「平島」でアルバイトをする。「おばさん」の家で三味線（うた沢）を習う。一〇月、下宿を出奔。一二月、山本鼎、パリから帰国。

一九一七年（大正六年）二一歳
八重垣町の下宿を出て、田端の日本画家Uの下宿に居候。四月、第三回日本美術院試作展に《湖水と女》《コスチュームの娘》を出品。奨励賞を受賞。鼎の斡旋で蒐集家芝川照吉への接近をはかるが援助は受けられなかった。六月、四谷・荒木町に下宿。《乞食と女》を制作。八月、大島で制作中の山崎省三を訪ねる。九月、第四回再興日本美術院展で《乞食と女》が美術院賞を受賞。一二月、山崎と三浦三崎まで徒歩旅行。日本美術院の院友に推挙される。年末から年始にかけ、房総半島を巡り、油彩やデッサンを精力的に描く。

一九一八年（大正七年）二二歳
一月、再び「おばさん」の家に出入り。鼎の世話で谷中真島町一番地五号に部屋を借りる。酒浸りの日々。警察の厄介にもなる。二月、小杉に画布をもらい《風船をつく女》を制作。デッサンの段階で終わる。三月、第四回日本美術院試作展に《樹木》《自画像》《海岸》《男の習作》他二点を出品。《樹木》が奨励賞を受賞。会期中、槐多の男性裸体画が警察から撤去命令を受ける。四月、山崎の下宿（根津六角堂）で共同生活を始める。デッサンで自画像の連作。同月中旬、喀血。医者に結核性肺炎と告げられる。友人の看病で小康を得る。五月、日本山岳会主催の「山岳画展」（白木屋）に《武甲山》《峠の一部》《信州の一部》を出品。六月、結核性肺炎が再発し、牛込区神楽町の両親の家に移る。七月、秋の院展に向けて大作《煙草呑み》を制作。この頃、父谷助出奔。八月中旬、療養のため房総半島に出かけ、鳴浜の稲荷屋に投宿し九月上旬、帰京。第五回再興日本美術院展に《煙草呑み》を搬入、落選となる。作品を破棄。再び房総の作田で転地療養をこころみるが、そこから転々と移動し、波太の旅館で多量の喀血。瀕死の状態に陥り東条病院（安房郡東条村）に入院。一〇月末、牛込区神楽町の実家で静養。一一月、鼎の斡旋で槐多他二人が奨学金（清水賞太郎）を受ける。代々木一一一八番町に一軒家を借りる。家の横に代々木村の半鐘があったので「鐘下山房」と命名。一二月、「代々木ユートピア」と称して画友と制作に励む。年末、第一の遺書を書く。

一九一九年（大正八年）

一月、健康回復の兆し。飲酒復活。美術院でモデルを描き戸外で写生。二月、第五回日本美術院試作展に《大島風景》《松と榎》《松と家》《自画像》《雪の次の日》など一三点を出品し、乙賞を受賞。同月、第二の遺書を書く。流行性感冒にかかり発熱し、寝込む。二月一八日夜、雪混じりの雨中に飛び出し、山崎の下宿裏の草叢で倒れているのを発見され、翌日、「鐘下山房」に運び込まれるが、危篤。二〇日午前二時三〇分死去。石井鶴三によってデス・マスクがとられる。二八日、功徳林寺（谷中）で本葬儀。同墓地に仮埋葬される（後に雑司ヶ谷霊園に移される）。一一月、「村山槐多遺作展」（兜屋画堂、一一―三〇日）と追悼会が催される。

＊年譜作成に当たっては、主に草野心平著『村山槐多』（日動出版部、一九七六年五月）所収の「村山槐多年譜」、『村山槐多全画集』（朝日新聞社、一九八三年三月）所収の「村山槐多年譜」（原田光編）、「生誕１００年―村山槐多」展図録（福島県立美術館他、一九九七年二月）所収の「年譜」（伊藤匡編）などを参照いたしました。

（酒井忠康　編）

著書目録

村山槐多

【単行本】

槐多の歌へる（山崎省三編）　大9・6　アルス（改定版―昭2・2）

槐多の歌へる其後（山本路郎編）　大10・4　アルス

村山槐多詩集（草野心平編）　昭26・12　創元社

村山槐多全集（全一巻）（山本太郎編）　昭38・10　弥生書房（増補版―平5・3）

日本近代文学大系（第54巻　村山槐多集）（安藤靖彦注釈）　昭48・10　角川書店

村山槐多詩集（山本太郎編）　昭49・5　弥生書房

＊以上、村山槐多自身の著書

現代日本詩人論（草野心平「村山槐多論」）　昭12・5　西東書林

山本鼎の手紙（山越脩蔵編）　昭46・10　上田市教育委員会

村山槐多（草野心平著）　昭51・5　日動出版部

火だるま槐多（荒波力著）　平8・7　春秋社

大正詩展望（田中清光著「画家の詩―田中恭吉と村山槐多」）　平8・8　筑摩書房

円人村山槐多（佐々木央著）　平19・9　丸善出版サービスセンター

【画集】

槐多画集（山崎省三編）大10・11　アルス
日本近代絵画全集（第8巻—竹久夢二・村山槐多・関根正二）　昭38・8　講談社
近代の美術50—村山槐多と関根正二（陰里鉄郎編）　昭54・1　至文堂
村山槐多全画集　昭58・3　朝日新聞社
日本の水彩画19—村山槐多（酒井忠康編著）　平元・9　第一法規出版

【展覧会図録】

村山槐多遺作展覧会　大8・11　兜屋画堂目録
村山槐多　関根正二遺作洋画展覧会　昭10・11　銀座三昧堂・美術部（目録）
異色作家展シリーズ（第20回）—関根正二・村山槐多二人展　昭36・9　東急百貨店・東横店
村山槐多展　昭56・5　信濃デッサン館
夭折の天才画家・関根正二と村山槐多　昭56・10　小田急グランドギャラリー
村山槐多のすべて展　昭57・8　神奈川県立近代美術館
村山槐多　そして素晴らしき画家たち　昭60・2　ナショナル画廊
槐多と省三展　昭61・10　美術研究・藝林
山崎省三と村山槐多　平元・8　市立小樽美術

生誕100年—村山槐多展図録　平9・2　福島県立美術館　館他

【雑誌特集号】

村山槐多追悼　『みづゑ』(180号)　大9・2　美術出版社
特集・村山槐多を憶ふ　『アトリエ』(2巻3号)　大14・3　アトリエ社
特集・村山槐多　『ユリイカ』(通巻419号)　平11・6　青土社

【参考図書】

明治・大正の画壇(NHKブックス17)(河北倫明著)　昭39・12　日本放送出版協会
近代洋画の青春像(原田実著)　昭40・10　東京美術出版局
大正・昭和期の画家たち(土方定一著)　昭46・4　木耳社
近代日本美術史2(大正・昭和)　昭52・5　有斐閣
一つの予言　有島生馬芸術論集　昭54・9　形象社
青春の画像(酒井忠康著)　昭57・3　美術公論社
都市風景の発見(海野弘著)　昭57・11　求龍堂
異端の画家たち(匠秀夫編「村山槐多」)　昭58・2　求龍堂
信濃デッサン館日記2(窪島誠一郎著)　昭61・5　平凡社
東京風景史の人々(海野弘著)　昭63・6　中央公論社
わが愛する夭折画家たち(窪島誠一郎著)　平4・5　講談社

日本の近代美術4（責任編集・田中淳）　平5・8　大月書店

鼎と槐多（窪島誠一郎著）　平11・12　信濃毎日新聞社

＊「著書目録」の作成にあたっては、主に『村山槐多全画集』（朝日新聞社、一九八三年三月）の「参考文献目録」（原田光編）と「生誕100年—村山槐多」展（福島県立美術館他、一九九七年二月）図録の「村山槐多文献目録」（伊藤匡・佐治ゆかり編）を参照いたしました。

（作成・酒井忠康）

本書は、弥生書房刊『村山槐多全集』（一九六九年三月再版）を底本とし、タイトル、詩、散文詩、短歌以外は新かな遣いに改め、多少ふりがなを加えました。本文中明らかな誤植と思われる箇所は正しましたが、原則として底本に従いました。また、本文中の編注は底本によるものです。なお、底本にある表現で、今日からみれば不適切と思われるものがありますが、作品が書かれた時代背景、著者が故人であることなどを考慮し、底本のままとしました。よろしくご理解のほどお願いいたします。

槐多《かいた》の歌《うた》へる　村山槐多《むらやまかいた》詩文集《しぶんしゅう》　酒井忠康《さかいただやす》 編《へん》

村山槐多《むらやまかいた》

二〇〇八年一一月一〇日第一刷発行
二〇二〇年　八　月二六日第二刷発行

発行者――渡瀬昌彦
発行所――株式会社　講談社
東京都文京区音羽2・12・21　〒112-8001
電話　編集（03）5395・3513
販売（03）5395・5817
業務（03）5395・3615

デザイン――菊地信義
印刷――豊国印刷株式会社
製本――株式会社国宝社
本文データ制作――講談社デジタル製作

Printed in Japan
定価はカバーに表示してあります。

講談社
文芸文庫

ISBN978-4-06-290032-4

講談社文芸文庫

青木淳選	建築文学傑作選	青木 淳——解
青柳瑞穂	ささやかな日本発掘	高山鉄男——人／青柳いづみこ—年
青山光二	青春の賭け 小説織田作之助	高橋英夫——解／久米 勲——年
青山二郎	眼の哲学｜利休伝ノート	森 孝一——人／森 孝一——年
阿川弘之	舷燈	岡田 睦——解／進藤純孝——案
阿川弘之	鮎の宿	岡田 睦——年
阿川弘之	桃の宿	半藤一利——解／岡田 睦——年
阿川弘之	論語知らずの論語読み	高島俊男——解／岡田 睦——年
阿川弘之	森の宿	岡田 睦——年
阿川弘之	亡き母や	小山鉄郎——解／岡田 睦——年
秋山駿	内部の人間の犯罪 秋山駿評論集	井口時男——解／著者——年
秋山駿	小林秀雄と中原中也	井口時男——解／著者他——年
芥川龍之介	上海游記｜江南游記	伊藤桂一——解／藤本寿彦——年
芥川龍之介 谷崎潤一郎	文芸的な、余りに文芸的な｜饒舌録ほか 芥川vs.谷崎論争 千葉俊二編	千葉俊二——解
安部公房	砂漠の思想	沼野充義——人／谷 真介——年
安部公房	終りし道の標べに	リービ英雄—解／谷 真介——案
阿部知二	冬の宿	黒井千次——解／森本 穫——年
安部ヨリミ	スフィンクスは笑う	三浦雅士——解
有吉佐和子	地唄｜三婆 有吉佐和子作品集	宮内淳子——解／宮内淳子——年
有吉佐和子	有田川	半田美永——解／宮内淳子——年
安藤礼二	光の曼陀羅 日本文学論	大江健三郎賞選評—解／著者——年
李良枝	由熙｜ナビ・タリョン	渡部直己——解／編集部——年
生島遼一	春夏秋冬	山田 稔——解／柿谷浩一——年
石川淳	黄金伝説｜雪のイヴ	立石 伯——解／日高昭二——案
石川淳	普賢｜佳人	立石 伯——解／石和 鷹——案
石川淳	焼跡のイエス｜善財	立石 伯——解／立石 伯——年
石川淳	文林通言	池内 紀——解／立石 伯——年
石川淳	鷹	菅野昭正——解／立石 伯——解
石川啄木	雲は天才である	関川夏央——解／佐藤清文——年
石坂洋次郎	乳母車｜最後の女 石坂洋次郎傑作短編選	三浦雅士——解／森 英一——年
石原吉郎	石原吉郎詩文集	佐々木幹郎—解／小柳玲子——年
石牟礼道子	妣たちの国 石牟礼道子詩歌文集	伊藤比呂美—解／渡辺京二——年
石牟礼道子	西南役伝説	赤坂憲雄——解／渡辺京二——年

▶解=解説 案=作家案内 人=人と作品 年=年譜を示す。 2020年8月現在

講談社文芸文庫

遠藤周作	青い小さな葡萄	上総英郎——解／古屋健三——案
遠藤周作	白い人｜黄色い人	若林 真——解／広石廉二——年
遠藤周作	遠藤周作短篇名作選	加藤宗哉——解／加藤宗哉——年
遠藤周作	『深い河』創作日記	加藤宗哉——解／加藤宗哉——年
遠藤周作	［ワイド版］哀歌	上総英郎——解／高山鉄男——案
大江健三郎	万延元年のフットボール	加藤典洋——解／古林 尚——案
大江健三郎	叫び声	新井敏記——解／井口時男——案
大江健三郎	みずから我が涙をぬぐいたまう日	渡辺広士——解／高田知波——案
大江健三郎	懐かしい年への手紙	小森陽一——解／黒古一夫——案
大江健三郎	静かな生活	伊丹十三——解／栗坪良樹——案
大江健三郎	僕が本当に若かった頃	井口時男——解／中島国彦——案
大江健三郎	新しい人よ眼ざめよ	リービ英雄-解／編集部——年
大岡昇平	中原中也	粟津則雄——解／佐々木幹郎-案
大岡昇平	幼年	高橋英夫——解／渡辺正彦——案
大岡昇平	花影	小谷野 敦——解／吉田凞生——年
大岡昇平	常識的文学論	樋口 覚——解／吉田凞生——年
大岡 信	私の万葉集一	東 直子——解
大岡 信	私の万葉集二	丸谷才一——解
大岡 信	私の万葉集三	嵐山光三郎-解
大岡 信	私の万葉集四	正岡子規——附
大岡 信	私の万葉集五	高橋順子——解
大岡 信	現代詩試論｜詩人の設計図	三浦雅士——解
大澤真幸	〈自由〉の条件	
大西巨人	地獄変相奏鳴曲 第一楽章・第二楽章・第三楽章	
大西巨人	地獄変相奏鳴曲 第四楽章	阿部和重——解／齋藤秀昭——年
大庭みな子	寂兮寥兮	水田宗子——解／著者——年
岡田 睦	明日なき身	富岡幸一郎-解／編集部——年
岡本かの子	食魔 岡本かの子食文学傑作選 大久保喬樹編	大久保喬樹-解／小松邦宏——年
岡本太郎	原色の呪文 現代の芸術精神	安藤礼二——解／岡本太郎記念館-年
小川国夫	アポロンの島	森川達也——解／山本恵一郎-年
小川国夫	試みの岸	長谷川郁夫-解／山本恵一郎-年
奥泉 光	石の来歴｜浪漫的な行軍の記録	前田 塁——解／著者——年
奥泉 光	その言葉を｜暴力の舟｜三つ目の鯰	佐々木 敦——解／著者——年